KB154790

http://www.bbulmedia.com

무림영주

武林領主

무림영주

武林領主

윤지겸 퓨전 판타지 소설

⑤

목 차

1장
복귀도 토벌 이후

"그, 그게 말이지……."

연신 이마의 땀을 훔치며 절절매고 있는 이는 용천현의 지현인 허중선이었다. 그리고 그 맞은편에는 담고성이 불안함과 답답함이 뒤섞인 표정을 짓고 있었다.

"으음……."

하지만 허중선은 불안하게 흔들리는 시선으로 담고성을 힐긋거릴 뿐, 쉬이 입을 열지 않았다.

"지현 나리!"

결국 답답함을 참지 못한 담고성이 나지막한 목소리로 허중선을 불렀다.

"으, 응?"

"하실 말씀이 있으면 분명하게 해 주십시오."

허중선이 찾아온 것은 담고성이 절왜관에서 용천현의 담가승택으로 돌아온 직후였다. 그리고 벌써 한 식경째 저러고 있었다. 아무리 허중선의 소심한 성격을 잘 알고 있다 해도 이 정도면 인내심이 바닥을 드러낼 수밖에 없었다.

"그, 그게 말이야……."

하지만 허중선이 이번에도 쉬이 입을 열지 못하자 결국 담고성은 마지막 방법을 꺼냈다.

"말씀하시기 난감한 이야기가 있는 모양이군요. 화내지 않을 테니 편하게 말씀하십시오."

큰 잘못을 저지른 어린아이처럼 굴고 있으니, 어린아이 달래듯 상대하는 수밖에.

"저, 정말인가?"

허중선이 반색을 하며 되물었다. 그와 함께 담고성의 표정은 한층 어두워졌다. 말하기 아주 곤란하다는 뜻이고, 자신에게 말하기 곤란한 일이라 함은 결국 담씨세가에 문제가 생겼다는 의미였기 때문이다.

그렇다고 이미 뱉은 말이다. 아니, 그걸 떠나서 어쨌든 세가가 있는 지역의 지현이었다. 어찌 화를 내겠는가.

"제가 지현 나리께 어찌 없는 말을 하겠습니다. 그러니 말씀하십시오."

"실은 진작 연락을 했어야 하지만 워낙 심각한 문제라 아무래도 내가 직접 담 가주를 보고 말을 해야 할 것 같아 이제야 이야기를 하게 되었네."

담고성의 얼굴이 한층 더 굳어졌다. 절왜관에 머문 것이 열흘이었다. 즉, 허중선이 열흘 동안 말도 못하고 혼자서 전전긍긍하다가 자신이 돌아오니 더 이상은 미룰 수 없어서 찾아왔다는 말이었다.

도대체 얼마나 심각한 문제이기에 허중선이 열흘을 혼자 앓았단 말인가.

"그러니까 담씨세가의 그……."

이야기를 들으며 혼자 추측을 하던 담고성의 머릿속에 번뜩하고 떠오르는 것이 있었다.

"혹시 은광입니까?"

"헉! 어떻게 알았나?"

"어떤 문젭니까?"

뜨악 하는 표정으로 되묻는 허중선의 모습에 담고성이 딱딱하게 굳은 얼굴로 물었다.

하지만 허중선은 심각하게 삐친 표정으로 가재미눈을 뜨며 담고성을 흘겨보았다.

"자네, 화내지 않기로……."

"그, 그! 화, 화내는 게 아닙니다. 도대체 무슨 문제가 생긴 건지 몰라 마음이 조급한 거지요."

"그, 그래. 아무튼, 웬 괴한 놈들이 은광을 털어 갔네."

"털어 가다니요?"

담고성이 현실감을 상실한 목소리로 묻자 허중선이 기어 들어가는 목소리로 대답했다.

"정련해 놓았던 은 백삼십 관을 모두……."

"백삼십관이면…… 은자 일만 삼천 냥을 도둑맞았단 말씀입니까?"

"놈인지 놈들인지는 모르지만, 지키고 있던 관졸들까지 싹 죽이고 털어 갔네."

"그럼 남은 건……."

조심스레 묻는 담고성을 향해 허중선이 눈을 내리깔며 고개를 내저었다.

"없네. 그날부터 새로 채굴하고 있는 은들은 이제 정련을 하고 있으니."

처주무련이 모습을 감춘 후, 그들의 재산은 각 관청에서 책임지고 보호하라는 명령이 떨어진 상황이었다. 그 사이에 뭔가 일이 생겼다면, 그것은 전적으로 해당 관청의 수장이 책임을 져야 하는 일.

다시 말해 은자 일만 삼천 냥이라는 거금을 도둑맞은
데 대한 책임을 허중선이 져야 한다는 뜻이었다. 소심한
허중선이 말도 못하고 혼자 끙끙 앓은 것도 한편으로는
이해가 되는 상황이었다.

 담고성이 암담한 표정으로 허중선을 보았다.

 '그런 거금이 있을 리가 없지.'

 어지간한 관리들이라면 치부(致富)해 놓은 재산이 꽤
될 테니 책임을 지는 것이 힘들지는 않을 것이다. 하지만
허중선은 소심한 성격 탓에 무서워서 뇌물도 받지 않는
위인이었다. 그런 그에게 일만 삼천 냥이라는 거금을 책
임질 방법은 없을 터.

 허중선이 힘겹게 입을 열었다.

 "내가…… 몇 년이 되더라도 다 갚아 줄 터이니, 그냥
눈감아 줄 수는 없겠나?"

 그가 생각할 수 있는 최선의 방법이었다.

 보통의 일이라면 지현의 권위를 내세워 무마했을 수도
있다. 하지만 이번 일은 오왕부와 처주부 지부에게서 직
접 하달된 명령이었다. 지현의 위세로는 어찌해 볼 수가
없었다.

 또한 보통의 사람이라면 위세나 친분, 하다못해 인맥이
라도 내세워 윽박질러 무마했을 수도 있다. 하지만 허중

선은 그런 짓을 하기에는 너무 소심했다.

담고성은 갑자기 머리가 지끈 울리는 것을 느끼며 이마를 짚었다. 은광에서 나올 돈은 앞으로 표국을 만드는 데 쓸 돈이었다. 그런데 그 돈이 갑자기 사라졌으니 머리가 아파 오는 건 당연한 일.

지난번 철문방으로부터 받은 배상금은 모두 절왜관을 포함한 처주무련 운영을 위해 썼거나 쓸 예정인 돈이었기에 건드릴 수 없었다.

당장 돈이 들어갈 곳이 있으니 허중선이 분할하여 갚는다 해도 그것이 도움되지도 않는다.

그렇다고 담고성의 성격상 평소 허중선의 사람 됨됨이를 잘 알고 있는데 강짜를 부릴 수도 없었다.

담고성의 얼굴이 어두워질수록 허중선은 입안이 바싹바싹 타들어 가는 것을 느끼며 연신 이마의 땀을 훔쳤다.

"후우!"

한참을 고민하던 담고성의 입에서 깊은 한숨이 새어 나왔다. 허중선이 뜨끔한 표정으로 조심스레 물었다.

"자, 자네, 괜찮은가?"

"일단 지현 나리께서는 현청으로 가셔서 일을 보십시오."

"응? 그러면 이번 일은……."

무림영주

"일단 그 일은 서로 득이 될 수 있는 방향으로 논의를 해 보도록 하지요."

담고성이 가능하면 좋은 쪽으로 해결하겠다는 의사를 내비쳤지만, 소심하고 걱정 많은 허중선은 확답이 필요했다.

"그러니까 그 말은……."

"부청이나 왕부에 보고는 올리지 않을 터이니 걱정하지 말고 이만 돌아가시지요."

허중선이 반색을 하며 외쳤다.

"정말인가?"

그런 허중선의 반응에 담고성은 속이 부글부글 끓어오르는 것을 느끼면서도 애써 침착하게 대답했다.

"제가 언제 거짓말을 했습니까? 일단은 돌아가시지요. 저희도 따로 방법을 생각해 보겠습니다."

"고, 고맙네!"

허중선이 얼른 인사를 하며 벌떡 몸을 일으켰다. 그때, 담고성이 다시 그를 불렀다.

"지현 나리."

"응? 왜, 왜 그러나?"

허중선이 불안한 표정으로 담고성을 보았다. 혹시 말을 바꾸면 어쩌나 하는 불안감이 그대로 얼굴에 떠올라 있었다.

"흉수들에 대한 조사는 어찌 되었습니까?"

걱정하던 이야기가 아니라는 것을 깨달은 허중선이 안도하는 얼굴로 대답했다.

"그, 그게, 조사는 하고 있지만……."

"알겠습니다. 새로 알게 되는 것이 생기면 연락을 주십시오."

"이를 말이겠는가. 그럼 나는 이만 가 보겠네."

"예, 살펴 가십시오. 제가…… 생각을 좀 해야 할 듯해서 멀리는 나가지 못하겠습니다."

허중선으로서는 오히려 반가운 이야기였다. 담고성과 함께 있으면 미안하고 마음이 불편하니 혼자 나가는 것이 차라리 편했다.

"허허, 신경 쓰지 말게. 한두 번 온 길도 아닌데 귀찮게 뭐하러 나와? 그럼 나중에 다시 이야기하세."

그렇게 인사를 마무리한 허중선이 누가 쫓아오기라도 하는 듯 황급히 담고성의 집무실을 나섰다.

"하아!"

깊고 짙은 한숨이 담고성의 집무실을 한가득 채웠다.

"받아들일 수 없소!"

"허허, 지금까지는 그래도 눈치라도 보시는 듯하더니, 이번에는 아주 노골적이시구려."

"아무리 그래도 섬서와 하남을 지나는데 이 정도까지 구파를 무시하시면…… 거, 좀 섭섭합니다그려."

"그 정도 중요한 사안을 의천각에서 논의도 없이 그리 결정한 이유가 뭐란 말이오!"

'의천각(義天閣)'이라는 세 글자가 박힌 편액 아래의 커다란 문을 뚫고 소란스러운 소리가 새어 나왔다.

노기를 참지 못하고 터진 고성과 비틀린 미소만큼이나 배배 꼬인 말이 사방에서 튀어나오며, 문 안쪽의 회의장이 순식간에 아수라장으로 변했다.

얼마 전 무림맹으로 날아든 북직례의 거대 상단인 천라보의 의뢰로 벌어진 일이었다.

명의 하늘인 황제가 머무는 자금성은 경사(京師)에 위치해 있었고, 경사가 자리한 곳이 바로 북직례였다. 다시 말해 중원의 심장부인 곳이니 경사는 물론 북직례 각 지역에 조정의 유력 가문과 세가들, 그리고 장군가로 가득했다. 그러다 보니 중원의 모든 물산이 북직례로 모이는 것은 아주 당연한 일이었다.

그에 따라 아주 많은 상단들이 이 북직례 곳곳에 자리를 잡고 있었는데, 무림맹 입장에서의 문제는 그 상단들이 무림의 세력들과는 별다른 인연이 없다는 점이었다. 지역이 지역인 만큼 대부분 조정의 관리들과 연이 닿아 있다 보니, 물건들을 운송하는 데 무림 세력들보다는 관의 힘에 의존하기 때문이었다.

천라보 역시 그중 한 곳이었다. 그런데 얼마 전, 연이 닿아 있던 장군가가 실각을 하면서 천라보의 황하 물길을 이용한 물건 운송에 문제가 생긴 것이었다.

서역에서 섬서를 통해 들어오는 각종 향신료와 양탄자, 그리고 산서성의 각종 광물과 소금, 염포 등은 모두 황하의 물길을 이용해야 하는데, 그 운송이 딱 막혀 버린 것.

운송 물자의 종류는 물론, 그 양이 엄청난 탓에 제대로 된 호위가 없으면 결국 황하 물길을 장악하고 있는 수채들의 먹잇감이 될 뿐이었다.

그래서 무림맹에 의뢰를 청한 것이었고, 지금 그 문제로 다들 열을 올리고 있는 것이었다.

그 소란스러움 사이로 나지막한 목소리가 울렸다.

"빈승이 한 말씀 올려도 되겠소이까?"

아주 낮은 데도 불구하고 귀가 따가울 정도로 소란스러운 장내에서도 모두의 귀에 또렷하게 틀어박히는 목소리.

목소리에 내공을 싣는다는 것은 배에 물건을 싣는 것에 비유할 수 있었다. 배가 크면 클수록 많은 짐이 실리듯,

목소리가 크면 클수록 더 웅혼한 공력을 실을 수 있었다.

그렇기에 무공이 일류 수준에만 오르면 누구든 목소리에 내공을 실을 수 있었다. 그리고 그렇게 내공이 실린 목소리가 사람들의 경맥을 뒤흔들 정도의 수준이 되면 그것을 흔히들 사자후라 부른다.

하지만 작은 배에 과도하게 많은 짐을 실으면 배가 가라앉듯이, 낮은 목소리에 강력한 내공을 싣는 것은 지극히 어려운 일이었다. 특히 이 정도 소란스러움을 극복할 수 있을 정도의 내공을 싣는 것은 어지간한 공력 운용으로는 힘든 일.

모두의 시선이 방금 전 목소리의 주인, 현 무림맹 맹주이자 소림사 방장인 현산에게로 향했다.

구파 쪽의 사람들은 잔뜩 기대를 품은 눈길로, 사대세가 쪽의 사람들은 조금 불안한 눈빛으로 현산을 보았다.

"이번 일이 민감한 사안이라는 것은 알고 있습니다. 하지만 이번 결정은 애초에 요청을 한 천라보의 뜻에 따른 것으로 알고 있습니다. 그렇지 않소이까, 남궁 각주?"

현산의 말에 고슴도치처럼 얼굴 한가득 억센 수염이 잔뜩 뻗어 있는 체구 좋은 중년 사내, 의천각 각주이자 남궁세가 가주인 남궁호천이 입을 열었다.

"그렇습니다. 천라보에서 처음부터 산서 백씨세가를 지

목했기 때문에 다른 의견이 개입할 여지가 없었습니다."

백씨세가는 산서를 대표하는 세가로, 사대세가만큼은 아니지만 산서성에서는 모두들 한 수 접어 주는 강력한 세가였다. 게다가 대동의 군부와도 깊은 연이 닿아 있기에 황하의 물길을 이용하는 데도 큰 이점이 있었다.

그런 이유로 천라보의 의뢰는 별다른 논의 없이 백씨세가에서 맡게 된 것이었다. 사대세가의 파벌에 속해 있는 백씨세가이니, 사대세가들 또한 그 일에 깊이 관여하게 된 것은 당연한 이야기. 그리고 구파 쪽에서는 거세게 반발할 수밖에 없는 일이기도 했다.

그런데 대답하는 남궁호천의 얼굴에 의구심 어린 표정이 떠올라 있었다. 그리고 현산을 향해 석연찮은 눈길을 보내며 자신의 속내를 여과 없이 드러냈다.

지금 사람들이 모여 있는 거대한 회의장은 무림맹 양대 권력의 정점 중 하나인 의천각이었다.

원래 의천각은 무림맹을 구성하는 하부 조직 중 하나일 뿐이었다. 작은 세력으로 따지면 내당의 성격을 가지고 있는 곳으로, 무림맹 전체 편제로 볼 때는 특별히 권력이 모일 만한 조직이 아니었다.

하지만 무림맹은 중원에서 정파를 자처하는 무림 세력들이 대부분 발을 담그고 있는 곳이었다. 그 정도 힘이 모여 있으니 중원 전체를 아우르는 거대한 이권 또한 집중될 수밖에 없는 집단이었다.

그 이권들이 내당의 성격을 지닌 의천각에 의해 배분이 되니, 자연스레 강력한 권력을 지니게 된 것이었다.

그런데 의천각의 각주는 사대세가의 일원인 남궁세가의 가주 남궁호천이었다. 아무리 공정하다 해도 사대세가 쪽 파벌의 세력들에게 이권이 더 몰릴 수밖에 없었다.

구파를 대변하는 맹주와는 서로 감정이 좋을 수 없었고, 당연히 서로를 견제하는 입장이었다.

그런 맹주가 의천각을 두둔하고 나섰으니 남궁호천으로는 찝찝한 기분이 남을 수밖에 없는 것이다.

하지만 현산은 그런 남궁호천에게는 눈길도 주지 않은 채 이야기를 이었다.

"오늘 이렇게 다들 모이시라고 한 것은 천라보의 요청에 대해서 얘기하고자 함이 아닙니다. 따로 논의할 일이 있기에 회의를 청한 것이지요."

의천각의 또 하나의 역할은 무림맹을 구성하는 주축 세력들의 의견을 모으는 것.

현산의 말에 다들 입을 다물고 귀를 기울였다. 그러자 현산이 옆을 보며 말했다.

"구 부각주가 나와서 말씀을 해 주시오."

그 말에 한쪽 구석에 앉아 있던 유생 차림의 한 사내가 앞으로 나섰다.

"관명각 부각주 구여상입니다."

왕부의 추천을 통해 무림맹 관명각 부각주 자리에 오른 구여상이었다.

관명각은 무림맹의 머리라고 부를 수 있는 조직. 무림 각지에서 날아드는 정보를 정리하고, 그 정보를 토대로 상황을 파악하며 무림맹의 모든 계획을 짜내는 곳이었다. 즉, 무림맹의 군사(軍師) 집단이었다.

구여상이 의천각에 모여 있는 사람들과 일일이 눈을 맞추며 모두의 시선을 자신에게 집중시켰다.

"모두들 아시다시피 관명각에는 무림 각지의 정보들이 날아듭니다. 관명각에서는 그 정보들을 통해 사실을 뽑아 내 정리하는 일을 하고 있지요."

의천각에 앉아 있는 이들은 무림을 대표하는 구파와 사 대세가, 그리고 각 성을 대표할 정도로 강력한 힘을 가진 무파의 주인들이었다.

그런 이들이 뽑어내는 기세가 보통 사람들의 그것과 같 을 리 없었지만, 구여상은 조금도 위축되지 않은 당당한 모습으로 말을 이었다.

"제가 관명각의 부각주가 된 후 처음 한 일은 모여 있는 정보들을 다시 확인하고 사실 관계를 맞춰 보는 것이었습니다. 부각주가 할 만한 일은 아닙니다만, 갑작스레 관명각에 들어가게 되었으니 우선적으로 해야 할 일이었지요. 그런데 계속해서 눈에 거슬리는 부분이 있었습니다."

구여상의 말에 한껏 살기를 머금은 목소리가 튀어나왔다.

"설마 또 그 이야기를 하시려는 겐가?"

당연히 사람들의 시선이 목소리의 주인을 향해 날아들었다. 말을 한 이는 관명각 각주인 제갈무산이었다.

구여상이 제갈무산의 날카로운 시선을 피하지 않고 마주 보며 말했다.

"그렇습니다."

"허허, 그 일은 논할 가치가 없다고 말을 하지 않았던가."

"제 판단은 다릅니다."

"각주의 뜻을 거스르겠다는 건가?"

"관명각의 부각주는 스스로의 판단에 따라 각주를 거치지 않고 맹주께 바로 보고가 가능합니다. 그리고 맹주께서 한 번 논의해 볼 필요가 있다고 판단하신 것이지요."

관명각은 무림맹의 머리였다. 그렇기에 한 사람의 독단

에 의해 그릇된 판단을 내릴 가능성이 충분히 있었다. 관명각의 부각주는 그러한 폐단을 막기 위해 만들어진 자리. 구여상은 그것을 십분 활용하고 있는 것이었다.

"크흠, 마음대로 하시게!"

제갈무산이 불편한 기색이 역력한 얼굴로 말을 내뱉고는 그대로 고개를 돌렸다.

"감사합니다."

피식 웃으며 던지는 구여상의 말에 제갈무산이 한층 더 표정을 일그러트렸지만, 구여상은 아무렇지도 않은 듯 이야기를 이어 갔다.

"아시다시피 무림맹으로 모이는 정보들은 아주 일상적인 것들입니다."

무림맹이 정보를 관리하는 방식은 사소하지만 분명한 사실을 바탕으로 그 속에 숨어 있는 진실을 파악하는 것이었다. 그런 이유로 누군가의 개인적인 의견이나 추측은 완전히 배제해 왔다. 그럴 경우, 아주 사소한 내용들이 어마어마한 양으로 모이게 되고, 그것을 정리하는 데 꽤 많은 인력이 소모될 수밖에 없었다. 하지만 그만큼 분명하고 명확한 정보를 끄집어낼 수 있었다.

"제가 주목한 내용은 다름 아닌 유황입니다. 유황은 다방면에서 사용되지만 황실에서 관리를 하기 때문에 꽤 비싼 물건이지요. 그런데 어느 시점을 기준으로 중원 전체의 유황 유통량이 두 배 가까이 늘었습니다."

"누군가 유황을 밀거래하는 모양이군. 하지만 그게 무슨 상관이 있단 말인가?"

질문을 한 이는 의천각주 남궁호천이었다.

"상관이 있습니다. 제가 중원 전체의 유통이라 하지 않았습니까?"

"그래서?"

"이 정도로 어마어마한 규모의 밀거래에 무림 세력이 개입되어 있지 않다면 오히려 이상한 일 아니겠습니까? 다시 말해, 중원 전역을 아우를 정도로 거대한 무림 세력이 몸을 숨기고 있다는 뜻입니다. 무림맹의 적이 될지도 모르는 집단이 있다는 말입니다. 이게 과연 상관이 없는 일일까요?"

반박은 제갈무산의 입에서 나왔다.

"모든 밀거래에 무림 방파가 개입되는 것은 아닐세. 무림의 힘에 의지 않고 이루어지는 밀거래는 얼마든지 있단 말이야. 그리고 만에 하나 그런 집단이 존재한다고 쳐 보시게. 그 정도로 거대한 힘이 움직이는데 지금껏 무림맹의 시선에 잡히지 않았다는 게 말이 된다고 생각하는가?"

"그래서 확인을 해 보자고 말씀을 드렸습니다만?"

거침없는 구여상의 말에 제갈무산이 결국 입을 닫았다. 그리고 현산이 구여상의 말을 받았다.

　"방금 들으셨다시피 우리가 모르는 곳에 거대한 세력이 도사리고 있을 수도 있는 상황입니다. 그리고 만에 하나 그런 세력이 있다면 무림맹에 위협이 될 것은 분명하지요. 그런 이유로 무림맹에서 이 일을 깊이 조사했으면 합니다."

　무림맹의 일반적인 사안들은 대부분 의천각에서 논의하고 결정하게 된다. 최대한 내부의 잡음을 없애기 위해 만들어 놓은 방식이었다.

　물론 무림맹의 정점인 맹주의 직권으로 어떠한 일이든 실행에 옮기는 것은 가능했다. 하지만 그렇게 일을 진행했다가 결과가 좋지 않을 경우, 맹주의 입지가 크게 좁아질 수밖에 없었다. 그렇기 때문에 무림맹의 역대 맹주들은 의천각을 통해 대부분의 일을 진행해 왔다.

　가만히 이야기를 듣고 있던 남궁호천이 입을 열었다.

　"아시다시피 몸을 숨기고 있을지도 모르는 거대한 힘이 있다면, 그것을 밝혀내는 데 많은 돈과 인력이 투입됩니다. 그런데 조사를 했는데도 아무런 실체가 없다면 어찌 되는 것입니까?"

　반론을 제기하는 남궁호천의 모습에 현산의 눈매가 날

카롭게 변했다. 하지만 이내 허허롭게 웃으며 말했다.

"그런 세력이 없다면 무림맹은 위협을 느끼지 않고 일상을 보낼 수 있으니 그 또한 좋은 것 아니겠습니까?"

"그로 인해 소모된 재원을 어쩌시려고요?"

"중원 전역에 대한 유황의 밀거래입니다. 그런 세력이 없다 해도 어쨌든 나라에서 사사로운 거래를 금지한 품목의 밀거래를 근절하는 일입니다. 그것만으로도 가치가 있는 일 아니겠습니까?"

"괜한 일에 쓸데없이 재원을 허비한다는 생각은 안 하시는 모양이군요."

"허허, 어찌 되든 결과는 좋은 것 아니겠습니까?"

현산이 재미있다는 듯 슬쩍 입꼬리를 말아 올렸다. 정론을 이야기하는 척하지만, 얼굴에 슬쩍슬쩍 곤혹스러움이 스치는 것을 보았기 때문이다.

애초에 구여상이 이 이야기를 꺼냈을 때 제갈무산이 무시했던 일이나, 지금 남궁호천이 계속 반대 의견을 내는 것은 분명 그들과 모종의 연관이 있다는 뜻이었다. 잘하면 사대세가를 압박할 수도 있는 절호의 기회.

'구 학사를 관명각에 넣은 것이 역시 괜찮은 선택이었던 모양이군.'

현산의 말이 끝난 후, 의천각에 모인 이들이 한마디씩

입을 열었다.

"위험을 확인한다는 것만으로도 충분히 가치가 있습니다."

"불분명한 건 확실하게 만들고 넘어가야지요."

"허허, 거기에 투입되는 인력과 돈이 어디서 나온다고 생각하시오? 전부 우리가 내놓은 돈으로 진행된다는 걸 잊은 것이오?"

"여기 모인 사람들이 누굽니까? 저마다 각 성을 대표하는 세력의 주인들입니다. 그런데 아무도 그런 기미를 못 느꼈는데, 위험이 있다고 여기는 것 자체가 이상한 일이라고는 생각지 않으십니까?"

둘로 나뉜 의견들이 첨예하게 대립했다. 하지만 의천각의 최종적인 결정은 토론이 아닌 다수의 뜻을 따르는 방식.

한참 동안 분분한 의견들이 쏟아져 나온 후, 현산이 가볍게 손을 들었다. 동시에 소란스럽던 장내가 거짓말처럼 조용해지고 현산이 입을 열었다.

"각자 의견들을 나누신 것 같으니, 제 생각에 찬성하시는 분들은 자리에서 일어서 주십시오."

현산의 말이 끝나기가 무섭게 사람들이 우르르 몸을 일으켰다. 물론 팔짱을 낀 채 불편한 표정으로 고개를 돌리는 자들 또한 있었다.

잠시 후, 현산이 빙긋 웃으며 말했다.

"찬성하시는 분들이 더 많은 것 같군요. 그러면 이 일은 그대로 진행하도록 하겠습니다."

무림맹은 구파와 사대세가를 중심으로 한두 개의 파벌이 존재했고, 그중에서 의천각의 회의에 참석할 수 있는 이들은 구파 쪽 파벌의 사람들이 다섯 명 정도 더 많았다. 그리고 그것이 현산이 맹주로 자리를 지킬 수 있는 이유인 동시에, 맹주로서의 권력을 유지해 나가는 근원이었다.

현산이 곧장 또 다른 이야기를 꺼냈다.

"혹시 의천단이라는 이름에 대해 들어 보신 분이 계십니까?"

뜬금없이 나온 말이었지만 다들 하나같이 고개를 끄덕였다. 절강성에서 활약하고 있는 젊은 무인들로 이루어진, 검협 백운서의 제자라는 백무결이 이끄는 집단으로 알려져 있었다. 무림맹의 의천각과 같은 이름 때문에 다들 한 번씩은 더 입으로 되뇌어 본 세력이기도 했다.

"며칠 전, 그 의천단에서 저에게 보낸 한 통의 서신이 도착했습니다."

모두들 입을 다문 채 현산의 이야기에 귀를 기울였다. 검협 백운서는 단순히 무림만이 아닌, 중원의 모든 양민

들이 추앙하는 이름이었다. 그 검협의 제자가 이끈다는 사실만으로도 의천단은 어마어마한 영향력을 가지고 있었다. 그런 곳에서 서신이 왔다니 다들 조금씩은 긴장을 할 수밖에.

"지금까지 의천단은 절강성의 처주무련이라는 곳에서 지원을 받아 왜구들을 막았다고 합니다. 하지만 절강의 왜구들이 어느 정도 정리가 된 상황이니, 무림맹과 함께 의협을 행하고자 한다 하더군요."

역시나 가장 먼저 질문을 한 이는 남궁호천이었다.

"그 말은 의천단이 무림맹으로 들어오겠다는 것입니까?"

"그게 아니라, 자신들은 독자적으로 움직이겠다 하더군요. 그 대신 의천단이 무림맹의 도움을 받는 만큼, 자신들의 의협을 행하는 것이 무림맹의 이름에도 큰 도움이 되리라 자신하더군요."

다른 누군가가 한 이야기라면 틀림없이 비웃음을 살 만한 내용이었다. 하지만 의천단은 검협의 이름이 걸려 있는 세력이었다. 그 파급력은 절대 무시할 수 없었다.

현산이 말을 이었다.

"그런 생각이 들더군요. 너무 거대해진 무림맹이 정작 보아야 할 작은 것을 놓치고 있는 것은 아닌가 하고 말입니다. 정파로서 의협의 길을 걸어야 하지만, 너무 거대해 지다 보니 작은 것을 보지 못하고 있는 상황이라는 말입 니다. 그렇다면 의천단 같은 뜻있는 젊은이들이 우리가 놓치고 있는 작은 것들을 살펴 주는 것도 좋지 않을까 하 는 생각이 들었습니다."

이번에는 파벌에 상관없이 모두들 고개를 끄덕였다. 하 지만 그것은 맹주의 뜻에 동의를 했기 때문이 아니었다. 의천단이 무림맹 소속도 아니면서 영향을 끼칠 수도 있는 묘한 위치를 잡게 되면, 이용하기에 따라서 자신들에게 큰 이득이 될 수도 있기에 동조를 하는 것이었다.

사대세가 쪽 파벌 사람들의 그런 생각을 읽은 현산이 옅은 미소를 지어 보였다. 구파 쪽 파벌 역시 의천단을 이 용하기에 따라서는 큰 이득을 챙길 가능성이 있기 때문이 다.

"다들 저와 같은 생각을 하시는 듯하니 굳이 의견을 확 인할 필요는 없어 보이는군요. 어떻게들 생각하십니까?"

이번에도 모두들 고개를 끄덕였다.

"그러면 의천단에 연락하여 무림맹 방문을 청하도록 하 지요."

의천단의 향후 움직임은 그렇게 만장일치로 결정되었 다. 그에 남궁호천이 애써 무덤덤한 표정을 지으며 몸을 일으켰다.

"그럼 오늘 논의는……."

"아, 마지막으로."

남궁호천이 회의를 마무리하려는 찰나, 현산이 그의 말을 끊었다. 예상치 못한 상황에 남궁호천이 날카로운 눈으로 현산을 노려보았지만, 현산은 여전히 허허로운 웃음을 흘리며 자신의 말을 이었다.

"이번 천라보의 의뢰로 인해 사대세가는 다들 바쁘실 테니, 유황의 밀거래에 대해서는 구파 쪽에서 조사를 하도록 하겠습니다. 그래도 되겠지요, 남궁 각주?"

결국 애써 유지하던 남궁호천의 평정심이 무너지고 말았다.

"그런 큰일에 우리를 빼겠다는 말입니까!"

"하지만 이번 천라보의 의뢰는 그 규모가 어마어마한 걸로 알고 있습니다. 백씨세가가 주축이 된다고는 해도, 사대세가 역시 상당한 인력을 투입해야 하는 걸로 알고 있습니다만?"

남궁호천이 이를 악문 채 현산을 노려보았다.

'이것까지 노린 것이었나?'

현산이 순순히 천라보의 의뢰를 양보한 데는 이런 배경이 있던 것이다. 사대세가 쪽에서 천라보 의뢰의 이권을

놓지 않으려 하면 밀거래의 조사에서 사대세가를 완전히
배제할 수 있었고, 밀거래 조사에 사대세가가 끼어들려
한다면 천라보 의뢰의 이권을 넘겨줄 수밖에 없는 상황.
어느 쪽도 구파로서는 손해 볼 것이 없는 것이다.

"조, 좋습니다. 천라보의 의뢰 건은 다시 조율을 해 보
도록 하지요."

남궁호천이 결국 한발 물러섰다.

"허허, 그렇다면 밀거래의 조사는 함께하는 것으로 하
시지요. 그렇게까지 신경 써 주시지 않아도 되는데 말입
니다."

"본가에 무슨 문제라도 생긴 겁니까?"

윤명산이 조심스러운 목소리로 물었다. 용천현의 담씨
세가 본가에서 전서구가 날아든 것이 이각 전의 일이었다.
그리고 서신을 건네받아 읽은 후, 담기령은 지금까지 입
을 꾹 다물고 생각에 잠겨 있었다.

옆에서 보고 있는 윤명산이 불안한 표정을 짓는 것이
당연한 일이었다.

윤명산의 물음에도 담기령은 입을 열지 않은 채 미간에
깊은 주름을 접고 있을 뿐이었다.

그렇게 다시 이각쯤 흘렀을 때, 담기령이 윤명산을 향

해 불쑥 물었다.

"요즘 명도문의 상황은 어떻소?"

본가에서 뭔가 급한 연락이 온 것 같은데 갑자기 명도
문을 물어보니 윤명산으로서는 당혹스러운 이야기. 하지
만 이내 정신을 차리고 대답했다.

"이 소저…… 아니, 이 장문인은 닷새 전 명도문 본문
으로 간 후 두문불출 아무런 움직임이 없습니다."

"청이문 대협의 움직임에 대해서는 아는 게 있소?"

"들리는 소식이 없습니다. 청전현이 원래 명도문의 세
력권인데다 청이문 대협의 경우에는 지역 사람들과도 꽤
가까운 편이라 사람들 눈에 띄었다면 이야기가 나올 텐데,
아무런 소문도 없습니다."

"흐음……."

담기령은 미간에 한층 짙은 주름을 접으며 옅은 신음을
내뱉었다.

결국 궁금증을 참지 못한 윤명산이 다시 물었다.

"본가나 명도문에 무슨 일이 생겼습니까?"

"은광에 정련해 놓았던 은을 강탈당했소."

"헉! 으, 은광이 털렸단 말입니까!"

경악한 얼굴로 되묻는 윤명산을 향해 담기령이 무거운
얼굴로 고개를 끄덕였다.

"그런데 명도문은 왜 물으시는지요?"

뒤이어 나온 윤명산의 물음에 담기령이 잠시 뜸을 들인 후 대답했다.

"아직은 자세한 이야기를 할 상황이 아니오. 따로 알아 볼 일이 있으니, 그때까지는 함구하시오."

"알겠습니다."

윤명산이 곧장 대답하며 고개를 끄덕였다. 담기령이 왜 그러는지는 모르지만, 어쨌든 세가의 악재였다. 괜히 외부에 알릴 필요도 없었고, 세가의 무인들에게 알려 불안 감을 키울 필요도 없었다.

"그리고 하운보에 기별을 좀 넣어 주시오."

"기별이라 함은?"

"내일 하운보를 방문하겠다는 내용으로 연락을 해 주시오."

담기령의 말에 윤명산이 깜짝 놀라 말했다.

"아직 완쾌되지 않으셨는데 벌써 움직이시면 안 됩니다."

복귀도 토벌전에서 담기령은 큰 부상을 입었고, 아직 회복되지 않아 자리보전하고 있는 상황이었다. 그런 때에 직접 하운보로 가겠다고 하니 윤명산이 걱정할 수밖에 없 었다.

"괜찮소. 어차피 누워 있는다고 더 빨리 낫는 것도 아니니."

"차라리 하운보의 이 보주를 이곳으로 청하시지요."

"직접 가야 하오. 그러니 오늘 안으로 기별을 넣어 주시오."

고집스러운 담기령의 태도에 윤명산이 난감한 표정을 지었다. 하지만 자신이 담기령의 뜻을 거스를 수도 없었다.

"알겠습니다. 당장 기별을 넣겠습니다."

2장
물어야 할 일

"단주님!"

백무결이 화들짝 놀라 고개를 번쩍 들었다. 자신을 부르는 하세견의 목소리가 평소와는 달리 크게 흥분해 있는 탓이었다.

"무슨 일이오, 하 소협?"

"무림맹으로부터 서신이 도착했습니다!"

"무림맹?"

백무결의 반문에 대한 대답으로 하세견이 한 통의 서신을 내밀었다.

"어서 읽어 보십시오."

"아직 읽지 않았소?"

"의천단에 온 서신이니, 당연히 단주님이 먼저 읽으셔야지요."

하세견의 말에 백무결이 멋쩍은 표정으로 서신을 펼쳤다.

의천단 백무결 단주 前.

아직 젊은 나이에도 불구하고 큰 뜻을 세우고, 동지를 모아 협행을 실천하는 귀하의 모습에 존경의 뜻을 담아 서신을 보냅니다.

빈승은 소림에 적을 두고 있는 불자로서, 지금은 무림맹의 맹주 직에 있는 현산이라 합니다. 단주의 선사 되시는 백운서 대협과는 과거 조금의 연이 있었지요.

보내 주신 서신은 잘 보았습니다. 무림맹 내부적으로 협의가 필요했기에 답신이 늦어졌습니다.

선사 되시는 백 대협의 뜻을 이어 협을 실천하려는 큰 뜻, 그리고 부족한 부분을 가감 없이 보여 주고 솔직하게 도움을 청하는 단주의 용기에 감복했습니다. 한편으로는 무림맹이라는 큰 곳에 있으면서도 의천단만큼의 큰일을 못한 것 같아 부끄럽기도 합니다.

서신으로 보낸 제안에 대해 답변을 드리자면, 무림맹 내부에서는 만장일치로 의천단을 지원하는 것으로 결정을 하였습니다.

그런 고로, 백무결 단주께서 무림맹 총타로 방문을 해 주십사 청하고자 서신을 띄웁니다.

무림맹에서 모은 정보로는 절강의 왜구들 문제가 어느 정도 해결된 듯하니 가까운 시일 내에 방문을 해 주십시오.

무림맹 맹주 현산 傳.

꼼꼼하게 서신을 읽은 백무결이 하세견에게 서신을 건넸다.

"이 말은!"

급히 서신을 읽어 내린 하세견이 조금 놀란 목소리로 외쳤다. 현산이 보낸 서신의 내용은 의천단의 제안을 받아들이겠다는 내용. 물론, 이리될 거라는 건 예상하고 있었다. 하지만 이렇게 단번에 일이 성사되리라고는 생각지 못했다. 실제로 만나 몇 번의 논의를 거치는 과정이 있으리라 예상했던 것이다.

"어찌하는 게 좋겠소?"

백무결의 물음에 하세견이 환한 얼굴로 말했다.

"더 고민하실 필요가 있겠습니까? 당장 떠날 준비를 하셔야지요."

"하지만 이곳의 일도 마무리를 해야 되지 않겠소?"

백무결의 조심스러운 말에 하세견은 고개를 저었다.

"항주의 구씨세가와 처주무련이 왜구들을 토벌한 후 현재 왜구 놈들은 아무런 움직임도 보이지 않고 있지 않습니까?"

"하지만 왜구들이 그놈들만 있는 것도 아니고……."

백무결의 말대로 왜구 선단은 한두 무리가 아니었다. 하지만 하세견은 여전히 고개를 저었다.

"구씨세가가 움직였다는 말은, 오왕부가 개입했다는 뜻입니다. 즉, 항주의 오왕부에서 적극적으로 왜구들을 토벌할 의지를 천명한 것입니다. 일개 관도 아니고, 무림 세력도 아닌, 왕부에서 나선 일입니다. 게다가 이번 복귀도 토벌은 황제 폐하께서 일시적으로 해금령을 풀어 주었다는 의미이기도 합니다. 오왕부가 원할 때는 아무리 멀리 숨어 있는 놈들도 찾아가 칠 수 있다는 뜻이지요. 그런 상황인데 왜구들이 함부로 날뛸 수 있겠습니까?"

백무결이 천천히 고개를 끄덕였다. 하세견의 말대로 복

귀도 토벌 이후, 그 어떤 왜구들도 목격된 일이 없었다.

"지금 왜구 놈들은 조금 더 먼 바다로 근거지를 옮기거나, 절강이 아닌 다른 지역으로 이동하고 있을 겁니다. 계속 절강성을 헤집는다면, 이번 복귀도의 왜구들 꼴이 날 수도 있기 때문이지요."

이어진 하세견의 설명에 백무결이 물끄러미 그를 보았다. 그런 백무결의 시선이 부담스러운지 하세견이 조금 멈칫하는 표정으로 물었다.

"왜 그러십니까?"

"뭘 그리 서두르는 거요?"

"서두르다니요?"

"어쨌든 생각해야 할 부분이 있을 텐데, 그런 건 생각지 않는 것 같아서 말이오."

하세견은 의천단의 지낭으로서 꼼꼼하고 신중한 모습을 보여 왔다. 그런데 이번 일에는 그런 모습이 보이지 않으니 백무결로서는 조금 의아할 수밖에 없는 것이다.

하세견이 고개를 저으며 말했다.

"서두르는 것이 아닙니다. 무림맹에 서신을 보낸 후 쭉 생각해 왔던 일입니다. 무림맹에서 어떤 대답을 하든, 여기 절강에서 우리가 할 일은 없으니 떠날 준비를 해야 되지 않겠습니까?"

"그렇기는 하오."

고개를 끄덕이는 백무결의 모습에 하세견은 속으로 가슴을 쓸어내렸다. 이유를 그렇게 말하기는 했지만, 그가 이곳을 나서려는 진짜 이유는 따로 있기 때문이었다. 그 이유라는 것은 바로 임사균과 담씨세가의 은이었다.

얼마 전, 하세견은 의천단 무인들을 이끌고 임사균의 행적을 쫓았다. 백무결에게는 지금까지 받은 도움에 대한 보답으로 명도문의 문제를 해결해 주자는 것이었지만, 그의 속내는 다른 데 있었다. 바로 의천단이 앞으로 움직이는 데 필요한 자금을 마련하는 것이었다.

사정은 달라도 당장 돈이 필요하다는 점에 있어서는 임사균이나 의천단이나 같은 입장이었다. 그러나 운신의 폭에 있어서는 그 둘이 확연히 달랐다.

의천단은 협의를 표방하는 것은 물론, 단주인 백무결 덕에 전 무림에 이름이 알려져 있는 입장이었다. 그러다 보니 자금을 마련하는 데 많은 눈을 의식해야 했다.

하지만 임사균과 그를 쫓는 이들은 명도문의 반도로 알려져 있기는 해도 절강만 벗어나면 그들의 얼굴을 아는 이들이 없다고 해도 과언이 아니었다. 즉, 처주부 내에서 무슨 짓을 해도 일단 절강만 벗어나면 문제가 없는 상황이었다.

그렇다는 말은 자금을 마련하는 데 아무런 제약이 없다는 뜻이었다.

문파를 배신한 자라면 도둑질이나 산적질도 거리낌 없이 할 수 있다는 것이 하세견의 생각이었고, 그런 그들을 쫓다 보면 기회가 올 것이라 예상했다.

그리고 하세견이 예상한 대로 임사균은 담씨세가의 은광을 털었던 것이다.

기회를 잡은 하세견은 함께 움직인 의천단 무인들과 함께 임사균이 훔친 은을 강탈했다. 그리고 인근에 있던 청이문에게는 입막음의 조건으로 돈을 요구했다.

그로 인해 하세견이 마련한 자금은 무려 은자 일만 삼천 냥. 외부의 도움 없이 의천단이 어느 정도 자리를 잡기에는 충분한 금액이었다.

이제 문제는 하루라도 빨리 이곳을 벗어나는 것이었다. 물론 담씨세가에서 자신들의 움직임을 눈치챌 염려는 없었다. 명도문의 입장상 임사균이 한 짓을 외부에 알릴 수 없기 때문이었다. 당연히 그 후에 일어난 하세견의 행동도 외부에 알릴 수 없었다.

하지만 그냥 마음을 놓고 있기에는 왠지 모를 불안감이 있었다. 제 발 저린 격이기는 해도, 어쨌든 지금껏 도움을 받았던 처주무련과 담씨세가의 재산을 강탈한 셈이니 마음이 편할 수만은 없던 것이다.

속으로 잠시 심호흡을 내쉰 하세견이 백무결을 향해 말했다.

"그럼 단원들과 함께 떠날 준비를 하겠습니다."

"알겠소."

백무결의 허락에 하세견이 가볍게 포권을 하며 문을 열고 밖으로 향했다. 그리고 백무결은 불안한 눈빛으로 그런 하세견의 뒷모습을 바라보았다.

"어쩐 일이십니까?"

담기령이 빙긋 웃으며 물었다.

"아무래도 저를 찾으시는 듯해서요."

무표정한 얼굴로 대답하는 이석약의 모습에 담기령이 머쓱한 표정으로 헛기침을 한 후 되물었다.

"제가요?"

"하운보주를 만나신 일에 대해 알고 있습니다."

이석약의 망설임 없는 대답에 담기령이 슬쩍 고개를 끄덕였다. 담기령은 어제 하운보를 방문했고, 하운보주에게 명도문으로 들어가는 식량과 생필품 등에 대해서 넌지시 물어보았다. 아마 하운보주가 그 이야기를 이석약에게 전

했으리라.

담기령의 반응에 이석약이 여전히 표정 없는 얼굴로 물었다.

"하운보주가 저에게 이야기를 전해 주리라 생각하고 말을 꺼내신 것이 맞는 모양이군요."

이석약의 딱딱한 반응에 담기령의 얼굴에 참참한 표정이 떠올랐다. 생각해 보니 전대 장문인인 도제경이 죽은 후, 이석약이 웃는 것을 본 적이 없었다. 짙은 그늘이 드리워진 얼굴로 항상 딱딱하게 말하는 그 태도로 일관해 왔다.

담기령은 잠시 목소리를 가다듬은 후 대답했다.

"맞습니다."

"우리 문파의 생필품 구매량을 확인하시다니, 제대로 정곡을 짚으셨습니다."

발뺌할 생각이 없는 듯한 이석약의 대답에 담기령 또한 말을 돌릴 필요가 없다고 생각하고 대화를 이었다.

"이 소저, 아니, 이 장문인이라면 눈치채시리라 생각했으니까요."

"그런 의도로 하신 일이니 눈치를 채야지요. 짐작하시는 대로 문의 반도 임사균에게 억류되어 있던 본 문의 삼대 제자들 모두 무사히 돌아와 지내고 있습니다."

"문 내의 어지러운 일들을 다 해결하신 모양이군요."

"덕분에 잘 처리되었습니다."

이석약이 빈말이 아닌 진심을 담아 말했다. 실제로 담씨세가가 큰 역할을 한 셈이기 때문이었다.

복귀도 토벌 후, 명도문 본산으로 돌아간 이석약은 생각지도 못한 상황을 마주하게 되었다. 청이문과 정삼영이 임사균을 위시한 문파의 반도들을 사로잡고, 아무것도 모른 채 끌려 다니던 삼대 제자들을 무사히 데리고 와 그녀를 기다리고 있던 것이다.

그리고 이석약은 복잡한 감정에 휩싸인 채로 더욱더 경악할 이야기를 들었다.

임사균이 담씨세가의 은광에서 강도짓을 했다는 이야기와 그 일에 개입한 하세견, 그리고 청이문이 보관하고 있던 명도문의 재산에 관한 것들이었다.

떨리는 목소리로 일련의 일들을 설명하는 청이문의 모습에 이석약은 답답함을 느낄 수밖에 없었다. 사문의 역도를 잡고 삼대 제자들이 무사히 돌아온 결과는 좋지만, 그 과정이 가져올 여파가 너무 거대한 탓이었다.

이석약은 일단은 조용히 상황을 살피자는 청이문의 말에 고개를 끄덕였다. 하지만 이 일로 자신들이 의심을 받지 않으리라는 생각은 하지 않았다. 담기령이라면 분명 임사균을 의심하리라 예상한 것이었다.

"잘 해결되었다는 다행이군요."

"그런데…… 어떻게 저희의 생필품 구입량에 대해 물어 볼 생각을 하셨나요?"

은광 사건으로 담기령이 임사균을 떠올리는 것은 어찌 보면 당연한 일일 수도 있었다. 하지만 하운보에 명도문 으로 들어가는 생필품의 양을 확인하는 것은 그것과는 별 개의 일이었다.

명도문에서 구입하는 생필품의 양을 확인한다는 말은, 명도문 내에 얼마나 많은 사람이 머물고 있는지를 확인하 는 과정이었다. 즉, 명도문 삼대 제자들이 모두 돌아왔을 거라는 예상을 하지 못한다면 던질 수 없는 질문인 것이 다.

은광에서 은을 강탈해 간 이가 임사균이라는 의심을 한 다 해도, 임사균과 삼대 제자들이 명도문으로 돌아와 있 으리라는 예상은 할 수 없다는 뜻. 이석약으로서는 궁금 할 수밖에 없는 일이었다.

담기령이 고개를 끄덕이며 설명을 했다.

"가능성은 두 가지였습니다. 첫 번째는 임사균이 명도 문 내에 몸을 숨기고 있을 가능성이었습니다. 이 장문인 께서 문으로 돌아간 후 두문불출하고 계신 상황이었으니,

이 장문인이 임사균에게 억류되어 있을 수도 있으니까요."

"하지만 그것은 그리 가능성이 없는 일이지요."

"네, 진짜 의심은 두 번째였습니다. 바로 하세견의 개입이지요."

"음……."

이석약이 저도 모르게 신음을 흘렸다. 이렇게까지 정확하게 사건의 핵심을 꿰뚫어 보리라고는 생각지 못한 탓이었다.

"너무 놀라실 필요는 없습니다. 백무결, 그 친구의 성격을 생각하면 어느 정도 짐작이 가능한 부분이었습니다."

"백 소협의 성격이요?"

"그는 필요한 일이라면 당당하게 도움을 청하는 성격입니다. 자신의 자존심보다 대의를 더 중시하기 때문이지요."

"흡!"

이석약이 두 번째로 신음을 흘리며 고개를 끄덕였다. 그녀가 의천단에 잠시 몸을 의탁하고 있을 당시 담기령이 그곳으로 찾아왔고, 그때 자금 지원 문제를 두고 담기령과 하세견 사이에 언쟁이 있었다. 다시 말해 그날을 기점으로 처주무련에서 의천단으로 들어가던 자금 지원이 끊어졌다는 뜻이었다.

그런데 의천단은 아직 원래의 그곳에 머물고 있는 상황. 이미 자금이 말라 버릴 상황에서 버티고 있다는 말은 어디선가 자금을 마련했다는 뜻이었다.

그런데 백무결은 담기령에게 도움을 청하지 않았고, 들려오는 소문에 의천단을 돕는 누군가에 대한 이야기도 없었다.

아무도 돕지 않았는데 아직 자금이 부족하지 않다는 것은 어디선가 돈을 구했다는 의미. 세가의 은광이 털린 일을 떠올리는 과정은 당연한 수순이었다.

"처주무련의 상황에 대한 진실, 그리고 명도문의 상황에 대해서 제대로 들여다볼 만한 자는 하세견밖에 없지요."

"하세견이 직접 담씨세가의 은광을 공격했을 수도 있다는 가능성은 생각해 보지 않은 모양이군요?"

담기령은 망설임 없이 고개를 끄덕였다.

"하세견은 그렇게 멍청하게 일을 처리할 인물이 아니지요. 자신들이 직접 우리 세가의 은광을 공격하는 것과 누군가가 훔친 은을 빼앗은 것은 다릅니다. 결국 그들이 은을 차지한다는 결과는 같습니다만, 어쨌든 관졸들을 죽이고 은을 훔친 것은 자신들이 아니니까요. 도둑이 훔친 돈을 좋은 일에 쓴다는 말도 안 되는 명분을 가질 수 있는 겁니다. 그 돈이 누구의 돈인지 알고 있다는 것은 적어도 그에게는 중요한 것이 아닐 테니까요. 물론, 무결이 그 친구는 그 일련의 과정을 조금도 모르고 있을 겁니다."

담기령의 설명에 이석약이 천천히 고개를 끄덕였다. 그리고 지금 나누어야 할 진짜 화제를 꺼냈다.

"그래서 본 문에서 어떻게 해 주기를 원하십니까?"

일련의 과정을 이 정도로 정확하게 짐작하고 있다면 괜히 이야기를 길게 끌 필요가 없었다.

"제안을 하나 하겠습니다."

"말씀하십시오."

이석약이 긴장한 표정으로 대답했다. 임사균이 담씨세가의 은광에서 관졸들을 죽이고 은을 훔쳐갔다는 사실이 외부에 알려지는 것은, 명도문으로서는 심각한 타격을 입을 수밖에 없는 일이었다. 임사균이 명도문에 적을 두고 있었다는 사실만이 중요할 뿐, 그가 명도문의 역도라는 사실은 중요한 것이 아니기 때문이다.

담기령이 한층 진지해진 표정으로 말했다.

"본 세가의 은광과 임사균에 대한 일은 그대로 묻겠습

니다."

"그 말은?"

이석약이 잔뜩 의구심이 어린 눈빛으로 물었다. 임사균이 한 일을 묻어 두게 되면, 나중에 하세견도 추궁할 수 없다는 뜻이었다. 담씨세가가 그런 손해를 감수하겠다는 말은 명도문에서 담씨세가에 그만큼의 무언가를 주어야 한다는 것을 의미하기 때문이었다.

"말 그대로입니다. 은광과 임사균, 그리고 하세견에 대한 것까지 모두 묻겠습니다."

명도문으로서는 참으로 다행스러운 일. 하지만 이런 일에 대가가 없을 수 없었다.

"그에 대해 명도문에서는 무엇을 내주면 됩니까?"

"그것을 말하기 전에 한 가지 묻겠습니다."

"그러시지요."

"지금 삼대 제자들을 가르치고 키워서 명도문이 어느 정도 역할을 할 수 있게 될 때가지 얼마나 걸리겠습니까?"

담기령의 물음에 이석약은 가만히 생각에 잠겼다.

명도문은 '방파'가 아닌, 사승을 토대로 이루어진 무인 집단인 '문파'였다. 방파라면 무리를 해서라도 무인을 끌어모아 억지로라도 규모를 만들 수 있었다. 하지만 문파는 제자들의 수와 무공이 어느 정도 수준에 이르러야 한다. 호법으로 한두 사람 고수를 초빙할 수는 있겠지만, 그것이 문파의 힘이 되는 것은 아니기 때문이다.

지금 문 내에 있는 삼대 제자들 중 가장 나이가 많은 아이들이 열여섯이었다. 그 아이들이 제대로 수련을 해 한 명의 무인으로서 어느 정도 제 몫을 하게 되려면, 적어도 열아홉 살은 되어야 했다.

하지만 지금 중요한 것은 그러한 사실이 아니라, 담기령이 이런 질문을 던지는 의도였다. 어떤 의도를 숨기고 이런 질문을 던지는가 하는 점이었다.

명도문에서 주어야 할 것과 명도문의 힘이 돌아오는 시기의 상관관계.

이석약은 이내 고개를 내저었다. 생각을 해도 답이 나올 이야기가 아니었다. 괜히 혼자 고민하는 것보다는 그냥 물어보는 것이 나았다.

물론 그전에 물음에 대한 답을 주어야 했다.

그렇다면 어떤 대답을 할 것인가.

"삼 년. 앞으로 삼 년 정도면 어느 정도는 문파로서 모습을 갖출 수 있으리라 생각합니다."

이석약은 가감 없이 사실을 말했다. 그녀가 아는 담기령은 괜한 수 싸움을 해 봐야 손해를 보는 상대였다. 이쪽

무림영주

이 유리한 입장에 있는 것이 아니라면, 차라리 사실을 말하는 것이 낫다는 판단이었다.

"제 예상으로도 그 정도가 아닐까 생각했습니다."

"그럼 이제 제안이라는 걸 듣고 싶군요."

"삼 년. 명도문이 다시 힘을 기르는 데 필요한 그 시간 동안 청전현 내 명도문의 이권을 담씨세가에 이양하시지요."

이석약의 얼굴이 일순 딱딱하게 굳어졌다. 문파의 이권이라는 것은, 그 문파가 유지되는 근간이었다. 그것을 삼 년 동안 넘긴다는 것은, 그 기간 동안 명도문은 존재하지 않는 문파나 다름없는 상태가 되는 것이었다.

그런 이석약을 향해 담기령이 말을 이었다.

"명도문이 일 년 동안 낼 수 있는 순수한 이문은 대략 은자 오천 냥 수준입니다. 삼 년이면 대략 일만 오천 냥. 은광에서 강탈당한 은자가 일만 삼천 냥이니 이자를 생각하면 대략 금액을 맞을 겁니다."

"말이 안 되는 제안이군요."

"말이 안 된다니요?"

"삼 년 후 다시 돌려받는다 해도 그때 그것이 온전히 명도문의 것이 될 거라는 보장이 전혀 없습니다. 또한, 그 기간 동안 명도문의 운영에도 지장이 생기지요. 더군다나 삼 년 동안 명도문은 봉문 상태나 다름없게 됩니다. 그런 점들을 담 관주께서 모르실 리가 없을 텐데요?"

이석약의 반박에 담기령이 피식 웃으며 대답했다.

"잃을 것만 생각하시고 얻을 것은 생각지 않으시는군요."

"얻을 것?"

"명도문은 현재의 이권을 유지할 능력이 없습니다."

이석약의 얼굴이 한층 더 굳어졌다. 그러거나 말거나 담기령은 말을 이었다.

"단순히 이권을 유지할 능력만 없는 것이라면 상관은 없습니다만, 삼 년이 지나 명도문이 어느 정도 수준에 오른 후에는 다른 누군가가 그 이권을 차지했을 가능성이 높습니다. 물론 처주무련에서 명도문을 돕기는 하겠지만, 아무런 이득도 없는 일에 꾸준히 인력을 투입하는 것을 좋아할 사람도 없을뿐더러 그것이 제대로 될 거라는 보장도 없지요."

"으음……."

정곡을 찔린 이석약이 저도 모르게 신음을 흘렸다. 사실 그녀 역시 막연하게 고민하고 있던 부분이기도 했다. 문파가 다시 어느 정도 수준이 되었을 때, 과연 지금의 세를 유지할 수 있을까 하는 고민.

담기령이 계속 말을 이었다.

"그리고 담씨세가가 이권을 가지고 있는 삼 년 동안 명도문의 살림을 담씨세가에서 책임져 드리겠습니다."

즉, 아무런 수익이 없는 명도문 문도들의 의식주에 필요한 비용을 해결해 주겠다는 뜻이다. 앞서 말했던 이권유지에 대한 부분과 지금의 제안까지 합치면 명도문 입장에서는 확실히 나쁜 제안이 아니었다.

가만히 생각에 잠긴 이석약을 향해 담기령이 쐐기를 박았다.

"이것은 단순히 저희 세가의 손해에 대한 변제가 아닙니다. 임사균이 저지른 짓에 대해 물어 주겠다는 조건이 포함되어 있음을 기억하십시오."

"그렇군요."

이석약이 천천히 고개를 끄덕였다. 처음에는 이게 무슨 말도 안 되는 소리인가 싶었지만, 생각해 보면 나쁜 이야기가 아니었다. 앞으로 어찌 될지 모르는 명도문의 이권을 온전히 삼 년 동안 온전히 유지해 준다는 것은 꽤나 구미가 당기는 제안이었다. 이권을 유지해 준다는 것은, 삼 년 동안 담씨세가가 명도문의 울타리가 되어 준다는 의미도 되기 때문이었다. 현재로서는 아무런 힘이 없는 명도문이 담씨세가의 보호를 받는다는 것은 커다란 이득이었다.

게다가 방금 말한 임사균의 일까지 생각하면 명도문으로서는 선택의 여지가 없었다. 아니, 전체를 따져 생각해 보면 오히려 명도문에 훨씬 더 이득이 되는 제안이었다.

순간적으로 의구심이 든 이석약이 담기령을 향해 물었다.

"곰곰이 따져 보니 그 제안은 오히려 명도문에 더 이득이 되는 제안이군요. 다시 말해 담씨세가에는 오히려 손해일지도 모르는 일입니다. 그런 것을 모르시지 않을 텐데요?"

담기령은 곧장 대답하는 대신 잠시 이석약을 응시한 후 천천히 대답했다.

"명도문의 선대 장문인의 죽음에 대한 저의 사죄가 포함되어 있다고 생각해 주십시오."

동시에 이석약의 얼굴이 다시 굳었다. 생각지 못한 이야기였다. 이성적으로 생각하면 도제경의 죽음에 담기령이 책임져야 할 부분은 없었다. 그런 상황에 대한 결정을 내린 사람은 도제경이었고, 일을 저지른 이는 임사균이었으니, 담기령의 책임이 끼어들 여지는 없었다.

이석약 또한 잘 알고 있는 사실. 하지만 머리로는 분명하게 알고 있으면서도, 문득문득 담기령에 대한 원망스러운 마음이 드는 것 또한 사실이었다.

"사, 사부님의 그 일에…… 담 관주의 책임은 없는 것으로 알고 있습니다만?"

말을 하는 이석약의 목소리가 심하게 떨리고 있었다.

"세상일이라는 것이 항상 명확하게 재어지는 것은 아니지요. 이 장문인께서도 억지로 그렇게 생각하며 마음을 추스르려 하지 마시고, 차라리 저를 원망하십시오. 그 편이 마음을 진정시키는 데 오히려 편할 겁니다."

담기령 나름의 위로였다. 때로는 누군가를 원망하는 것이 마음의 응어리를 푸는 데 더 도움이 되는 법.

이석약이 세차게 고개를 저었다.

"괜찮습니다."

하지만 목소리는 한층 격하게 떨리고 있었다. 담기령은 애써 유지하던 이석약의 표정이 무너지는 것을 보며 다시 말을 돌렸다.

"그러면 방금 드린 제안에 대해 이야기를 할까요?"

"알겠…… 습니다."

"일단 문으로 돌아가 계십시오. 며칠 안에 정식으로 계약서를 쓰고 일을 진행하도록 하시지요. 아, 한 가지만 더 말씀을 드리겠습니다. 이 일을 묻겠다고는 했습니다만, 저희 가주님께서는 아셔야 하는 일입니다."

그건 어쩔 수 없는 일이었다. 일을 진행하는데 그 수장이 제대로 된 이유를 모른다는 것은 말이 안 된다. 고개를 끄덕인 이석약이 억지로 표정을 굳히며 포권을 했다.

"담씨세가의 배려에 감사드립니다. 그럼 오늘은 이만 돌아가 보겠습니다."

"살펴 가십시오."

짧은 인사와 함께 이석약이 급히 방향을 틀었다. 하지만 생각지 못한 충격 때문인지 내딛는 걸음이 불안하게 휘청거렸다. 하지만 애써 다리에 힘을 주고 억지로 걸음을 옮겼다.

명도문의 장문인인 자신이 다른 사람 앞에서 이렇게 흔들리는 모습을 보여 줄 수는 없기 때문이었다.

"후우!"

힘겹게 방을 나서는 이석약의 뒷모습을 보며 담기령이 나지막이 한숨을 흘렸다.

"갑자기 이게 무슨 일이냐?"

절왜관 관주 집무실에서 당혹스레 퍼지는 목소리는 담

고성의 것이었다.

멍한 얼굴로 자신을 보는 아버지의 모습에 담기령이 피식 웃으며 물었다.

"아무리 그래도 장원을 비우고 이렇게 찾아오시다니요?"

평소라면 크게 문제될 것이 없는 일이었다. 하지만 지금은 가주가 장원을 비우는 것은 좋지 않았다. 오왕부와의 일로 인해 한동안 세가가 비어 있던 탓이다. 복귀도의 일이 소문이 났다고는 해도, 주변과 지역 사람들에게 세가가 건재하다는 것을 확인시켜 주기 위해 한동안은 가주가 세가를 지키며 사람들에게 얼굴을 자주 비추는 것이 좋았다.

"그럼 그런 황당한 말을 듣고도 가만히 있으라는 말이더냐."

답답한 목소리로 한숨을 토해 내듯 말하는 담고성의 말에 담기령은 별다른 대답을 하지 않았다. 그렇게 잠깐의 정적 후에 담고성이 여전히 답답한 목소리로 말했다.

"삼 년간 명도문의 이권을 우리 세가가 넘겨받는다는 게 도대체 무슨 말이냐?"

"말 그대로입니다."

"그러니까, 도대체 왜?"

앞뒤의 사정을 모르는 담고성으로서는 당혹스러울 수밖에 없는 일이기는 했다.

도제경의 죽음으로 명도문은 거의 와해 직전의 상태였다. 그런 때에 처주무련의 중심인 담씨세가가 처주무련 소속인 명도문의 이권을 가져온다는 것은 누가 보더라도 좋게 볼 수 없는 일이었다.

아무리 한시적이라는 조건이 붙어 있다 해도 조금만 확대 해석하면 담씨세가가 처주무련 소속 세력들을 집어삼키기 위해 움직이는 것으로 오해할 수 있기 때문이었다. 그로 인해 다른 두 세력이 불안해할 수 있고, 그것은 결국 처주무련의 와해라는 최악의 상황을 맞이할 수도 있는 것이다.

더군다나 한시적이라는 조건이 붙어 있으니, 세가의 전력을 투자하는 것도 힘들었다. 나중에 다시 돌려줘야 될 이권이니, 거기에 투입하기 위해 무인을 늘리게 되면 다시 줄여야 하는 때가 오기 때문이다. 당연히 담씨세가로서는 부담이 될 수밖에 없는 일이다.

담고성의 말에 담기령이 갑자기 기감을 일으키며 사방을 살폈다. 그리고 한껏 목소리를 낮춘 채 말했다.

"이 일은 아버지만 아셔야 하는 일입니다."

담기령의 갑작스러운 태도에 담고성이 덩달아 사방을 살피며 고개를 쑥 내밀었다.

"무슨 일이 있던 것이냐?"

"은광입니다."

"뭐?"

담고성이 흠칫 놀란 표정으로 되물었다. 명도문과의 일에 대해 이야기를 하는데 갑자기 왜 은광이 튀어나온단 말인가.

"놀라지 말고 들으십시오. 은광에서 은을 강탈해 간 자는 임사균이었습니다."

"임사균!"

"그리고……."

담기령은 나지막한 목소리로 은광과 관련된 일련의 일들과 이석약과 나눈 이야기에 대해 들려주었다.

"으음!"

나지막한 신음을 흘린 담고성이 홀로 생각에 잠겼다. 그리고 꽤나 긴 침묵 끝에 다시 입을 열었다.

"잘했다."

하지만 목소리가 그리 밝지는 않았다. 심정적으로는 옳은 판단이라 생각되지만 담씨세가로서는 몇 가지 부담을 안아야 하는 탓이었다.

그중 가장 큰 부담인 것은 명도문이 '문파'라는 점이었다. 문파들은 방파나 세가에 비해 이권에 개입하거나 돈을 버는 것이 힘들기 때문이었다.

즉, 생각보다 이권이 그리 크지 않았다. 게다가 한시적인 것이니 이권을 확장하거나 사업을 만들 수도 없었다. 문파는 문 내의 제자들에게 월봉을 주지 않지만, 세가들은 지속적으로 무인들에게 월봉을 주어야 했다. 그 말은 곧, 그만큼 세가가 가져갈 수 있는 수입이 줄어들게 된다는 뜻이다.

명도문이 가지고 있을 때보다 담씨세가가 가지고 있을 때 그 이권이 한층 더 작아지는 것이다.

명석한 이석약이었지만 아무래도 이성적인 판단이 힘들다 보니 거기까지는 미처 생각을 못했고, 그렇기에 초반에 크게 반발을 했던 것이다.

"그리 걱정하실 것 없습니다. 처주무련 내부의 시선은 명도문에서 제대로 정리를 해 줄 것입니다. 그리고 무인의 문제는 용천무관에서 수련 중인 이들 중 일정 수준 이상인 이들을 빼서 이곳에 두도록 하지요. 윤 향주 등이 절왜관에 머물고 있으니 교두 역할도 가능하고, 그들은 어쨌든 아직 교육 중이니 월봉을 줄 필요 없이 의식주만 해결해 주면 될 겁니다."

"그래, 용천무관을 활용하면 어느 정도 근근애 유지가 되기는 하겠구나. 그럼 그 문제는 일단 그렇게 바탕을 잡고 세세한 일들을 잡는 걸로 하고⋯⋯."

슬쩍 화제를 돌린 담고성이 잠시 말을 끊었다가 이었다.

"가주에 오르는 것은 언제로 하려느냐?"

"아직 몸이 다 나은 상황은 아니니 몸이 다 나은 이후가 좋겠습니다."

"그래, 그건 그렇게 하기로 하자꾸나. 아, 그러면 은광에 대한 일은⋯⋯ 허 지현에게 그냥 묻어 두라고 하면 되는 것이냐?"

"아니요. 그대로 두십시오. 괜히 여기서 덮으려고 하면 오히려 이상하게 볼 것입니다."

"허 지현의 성격상 잡을 때까지 포기하지 않을 텐데?"

"걱정하실 것 없습니다. 허 지현은 좀 있으면 처주부 지부로 영전할 겁니다."

"뭐?"

허중선이 처주부 지부로 영전한다는 이야기는 섭문경이 담기령에게만 전해 준 이야기였기에 담고성으로서는 놀랄 수밖에 없는 내용.

"섭 지부께서 절강승선포정사사로 영전을 가고 그 자리

에 허 지현이 들어갈 거라더군요."

"허허, 별일이 다 있구나. 허 지현이 지부까지 오르다
니."

"어쨌든 허 지현이 영전을 가게 되면 그에 대한 축하로
그 일을 묻어 두는 걸로 이야기를 하며 조용히 마무리를
할 수 있을 겁니다."

"그래, 그 정도면 허 지현도 의심하거나 하지는 않겠
지."

그렇게 되면 어쨌든 은광으로 인한 문제들은 모두 해결
이 되는 셈이었다.

"그런데 아버지."

담기령이 갑자기 목소리를 바꾸며 담고성을 불렀다.

"할 이야기가 있느냐?"

"이석약 장문인에 대해서 드릴 이야기가 있습니다."

"음?"

담고성이 의외라는 표정으로 아들을 보았다. 은광과 관
련된 명도문의 일에 대해서는 이야기가 끝난 상황이었다.
그런데 또 할 이야기가 있다는 것은 아마 개인적인 이유
라고 보아야 되기 때문이었다.

"무슨 이야기더냐?"

"아버지께서 이 장문인을 만나 이야기를 좀 해 주십

시오."

"무슨 이야기를?"

"선대 장문인의 죽음으로 인한 응어리가 너무 큽니다. 그 응어리를 그대로 둔 채 시간이 흐르면 분명 탈이 생길 겁니다."

"음……."

맞는 말이었다. 이석약으로서는 아버지로 따르던 사람의 납득할 수 없는 죽음이었다. 그런 응어리는 언제 어떤 식으로 탈이 날지 알 수 없는 종류의 것이었다. 그러니 조금이라도 빨리 그것을 풀어 줄 필요가 있는 것이다.

잠시 담기령의 이야기를 곱씹어 보던 담고성이 묘한 미소를 지으며 물었다.

"많이 걱정되는 모양이구나."

"네?"

뜬금없는 물음에 담기령이 멈칫한 표정으로 되물었다.

"이 장문인, 아니, 이 소저가 많이 걱정되느냔 말이다."

"그야…… 명도문이 지금 세력이 저렇게 되었다고는 해도 처주무련 내에서는 중요한 위치에 있지 않습니까?"

"내가 묻는 것은 그런 게 아니다만?"

순간, 자신이 묘한 오해를 받고 있다는 사실을 직감한 담기령이 황급히 손을 내저었다.

"아버지, 무슨 생각을 하시는지는 알겠습니다만, 분명 오해입니다."

"허허, 그리 쑥스러워할 것 없다."

담고성이 너털웃음을 터트리며 고개를 주억거리더니 불쑥 자리에서 일어났다.

"어쨌든 네 말은 알았다. 세가로 돌아가기 전에 명도문에 들렀다 가도록 하마."

"예? 아, 예……."

담기령이 억울한 표정으로 고개를 끄덕였다. 지금 아버지의 상태를 보니 무슨 말을 해도 저 이상한 오해를 풀 수 없을 거라는 생각이 들었기 때문이다.

담고성이 의미심장한 미소를 머금은 채 느긋한 걸음으로 방을 나서며 말했다.

"그럼 쉬어라."

"예……."

"그간 별고 없으셨소?"

명도문 장문인의 집무실로 들어서며 담고성이 인사를 건넸다. 항렬이나 배분을 따질 수는 없지만, 나이만 따져

68

도 담고성이 한참 위. 하지만 이석약은 명도문의 장문인이니 그 격에 맞춰 말투를 고친 것이다. 그리고 이석약이 담담한 표정으로 인사를 받았다.

"먼 걸음 하셨습니다. 일단 앉으시지요."

이석약이 자리를 권하자 담고성은 고개를 주억거리며 느긋하게 의자에 앉았다.

"그런데 이곳까지는 어쩐 일이신지요?"

"기령이로부터 이야기는 들었소이다."

"예."

의례적으로 묻기는 했지만 이석약도 예상하고 있던 화제. 바로 고개를 끄덕였다.

"명도문으로서도 쉽지 않은 결정이겠지만, 담씨세가로서도 그리 마음 편히 할 수 있는 일은 아니라는 걸 알아주었으면 하오."

"알고 있습니다."

이번에도 이석약이 바로 고개를 주억거렸다. 담기령과 이야기를 나눌 때는 확실히 명도문의 큰 손해라는 생각을 했다. 하지만 돌아온 후 곰곰이 따져 보니 담씨세가로서도 그리 환영할 만한 일이 아니라는 것을 알 수 있었다.

"그러니 서로 도움이 될 수 있는 쪽으로 일이 잘 처리되었으면 하오."

"그래야지요. 담씨세가에서 명도문의 입장을 많이 생각해 주신 것을 알고 있습니다."

"그리 생각해 주니 다행이오. 그나저나……."

슬쩍 말꼬리를 돌리며 뭐라 다른 이야기를 하려 하던 담고성이 애매한 표정으로 입을 다물었다.

이석약의 마음속에 맺힌 응어리를 풀어 달라는 부탁을 받고 명도문을 방문한 참이었다. 그래서 이곳으로 오는 동안에도 어떤 이야기를 해 줄지 무수히 많은 것들을 떠올리며 준비를 했다. 가슴에 묻으라는 둥, 기운을 차려야 죽은 이도 마음을 놓을 수 있다는 둥 이런저런 이야기들을 잔뜩 준비했다.

그런데 막상 이야기를 하려니 입이 떨어지지가 않았다. 어디선가 한 번쯤은 들었을 법한 식상한 이야기를 해 봐야 아무런 소용이 없다는 것을 깨달은 것도 이유지만, 그보다는 일절 감정이 사라진 죽어 있는 이석약의 눈을 보고 있으니 차마 입이 떨어지지가 않은 탓이 컸다.

문파를 꾸려 가기 위해서는 평정심을 유지해야 했고, 그것을 위해 자신의 감정을 모두 죽여 버린 탓이었다.

담고성은 그런 그녀에게 상투적인 위로 따위는 아무런

도움이 되지 않으리라는 것을 느낀 것이었다.

"선대 장문인의 장례는 어찌 치르려 하오?"

이런저런 일들로 인해 도제경의 장례를 아직 치르지 않았다는 것을 떠올린 담고성이 물었다.

"문의 제자들만으로 조용히 치르려 합니다."

"선대 장문인의 마지막 길인데, 지인들도 인사는 하는 것이 좋지 않겠소?"

담고성이 조금은 아쉬운 표정으로 물었지만, 이석약의 대답은 단호했다.

"문 내부적으로 이미 결정을 내린 사항입니다."

담고성은 더는 이야기하지 않고 그대로 고개를 끄덕였다. 어차피 외인이 끼어들어 이래라저래라 할 수 있는 이야기가 아니었다. 게다가 이 정도로 단호하다면 괜히 더 말을 하는 것이 오히려 좋지 않았다.

두 사람 사이에 어색한 정적이 무겁게 내려앉았다. 그렇게 긴 침묵 끝에 담고성이 머뭇거리며 힘겹게 입을 열었다.

"이 소저."

장문인이라는 지위가 아닌 '소저'라는 호칭에 이석약이 잠시 멈칫하더니 대답을 했다.

"말씀하십시오."

"울어 둘 수 있을 때 울어 두게. 좀 더 시간이 지나면 울고 싶어도 울 수 없을 때가 오는 법일세."

하지만 이석약은 딱딱한 얼굴로 고개를 저었다.

"그럴 일은 없을 겁니다."

담고성은 이번에도 천천히 고개를 끄덕였다. 강요할 수 있는 이야기가 아닌 탓이다. 하지만 마냥 저 상태로 버티는 것은 결코 좋은 일이 아닌 탓에 한 마디 덧붙이지 않을 수는 없었다.

"세상만사 흘러가는 게 모두 같은 법일세. 당길 때도 있으면 풀어 줄 때도 있어야 하는 법일세."

거듭된 담고성의 말에 이석약이 어쩔 수 없이 고개를 주억거렸다.

"명심해 두겠습니다."

긍정도, 부정도 아닌 대답에 담고성도 더 이상은 말할 생각이 없는 듯 다른 이야기를 꺼냈다.

"그럼 나는 이만 일어나 보겠소. 담씨세가와 명도문 사이의 일은 도 장문인의 장례와 기령이의 가주 승계가 끝난 후 진행하도록 하십시다."

말투도 더 이상 '이 소저'를 대하는 것이 아닌 '이 장문인'을 대하는 것으로 바뀌어 있었다.

"먼 걸음 해 주셔서 감사합니다."

"아니오. 나가는 길은 아니 나오지 마시오."

손을 휘휘 저으며 지그시 이석약을 바라보는 담고성의 두 눈에는 애잔함이 잔뜩 묻어 있었다. 하지만 그것도 잠시. 담고성은 이내 등을 돌리며 방문을 나섰다.

3장
타초경사

사방 어디에도 창문 하나 나 있지 않은 밀실. 한 줌의 빛도 스며들지 않는 방 안에는 차가운 겨울의 냉기만이 가득할 뿐이었다.

"후우!"

아무것도 없을 것 같은 밀실 안에 한숨인지 숨소리인지 구분이 되지 않는 소음이 퍼졌다.

"후우!"

끼익!

그리고 두 번째 소리가 새어 나오는 순간, 날카로운 금속음과 함께 방 안으로 갑자기 빛이 쏟아져 들어왔다. 그리고 그 빛을 등지고 방 안으로 들어서는 날렵한 인영 하나.

"지내실 만한가요?"

뾰족한 목소리로 묻는 이는 바로 이석약이었다. 그리고 벌겋게 충혈된 그녀의 두 눈에 담긴 것은, 차가운 벽에 기댄 듯이 서 있는 한 사내였다. 아니, 정확하게는 양 손목의 수갑과 양발의 차꼬가 쇠사슬에 꿰어 벽에 매달려 있는 상태.

"크크, 자꾸 찾아오면 번거로울 텐데, 그냥 죽이는 게 좋지 않겠느냐?"

비꼬며 말하는 이는 바로 임사균이었다.

이석약은 그 비꼬는 말에 별다른 반응을 보이지 않은 채 천천히 임사균의 앞으로 걸어갔다.

"오늘 사부님의 장례를 마쳤습니다."

이석약의 두 눈이 충혈된 이유였다. 물론, 그녀는 장례가 진행되는 동안에도 단 한 방울의 눈물도 흘리지 않았지만.

"흠, 요 며칠 바깥 분위기가 가라앉아 있는 것 같더니, 그런 이유였던 모양이군. 그런데 왜 날 아직 살려 두는 거지? 크크크, 날 죽여서 목이라도 묘 앞에 올려야 하는 것 아니더냐? 보통은 그렇게 복수를 하던데?"

"어서 빨리 죽여 줬으면 하는 모양이군요?"

"그럼 지금 내가 사는 것에 집착할 것처럼 보이느냐? 나는 내 신념대로 움직였고, 그 결과 이렇게 됐다. 여기까지가 내 운명이었던 모양이지. 더는 여한도 없고 아쉬울 것도 없다."

아무런 미련도 없다는 듯 말하는 임사균의 모습에 이석약이 갑자기 한쪽 입꼬리를 삐죽 말아 올렸다.

"그럴 리가 있겠습니까?"

"무슨 소리냐?"

이석약의 표정에서 무언가를 읽은 임사균이 날카로운 목소리로 물었다.

"신념이 아니라 야욕이었겠지요. 여한이 없는 것이 아니라 포기가 아닙니까? 제가 명도문 장문인으로 있는 꼴을 더 이상 보는 것도 싫겠지요."

술술 풀려 나오는 이석약의 비꼬는 말에 임사균의 얼굴이 와락 일그러졌다.

"더러운 계집년이 헛소리를 지껄이는구나! 잔말 말고 어서 죽여라!"

"당신의 생사는 제가 결정합니다."

"뭐?"

"당신을 죽이는데 왜 당신의 뜻을 따라야 합니까? 제

손에 그 더러운 피를 묻히고 싶지는 않은데요?"

"뭣이!"

"비열한 배신자의 피만큼 더러운 게 또 뭐가 있겠습니까?"

험악하게 인상을 찡그리던 임사균이 갑자기 피식 웃으며 말했다.

"크흐흐. 뭐, 마음대로 지껄여라. 하지만 네년의 명도문이 언제까지 갈 거라는 착각은 하지 않는 게 좋을 게다. 게다가 명도문이 담씨세가 놈들의 은광과 관련이 생긴 이상, 그 비밀이 언제까지 유지될 거라는 착각도 버리는 게 좋을 게다."

"그 문제는 이미 해결을 했습니다만."

"뭣이? 해결을 해? 설마 담씨세가에서 그 사실을 이미 알고 있단 말이냐?"

"물론입니다."

"그런데 해결을 했다고? 네년이 무슨 수로!"

"그건 당신이 알 필요가 없는 이야기입니다."

궁금증을 해결해 주지 않는 이석약의 말에 임사균이 피식 웃으며 다 알겠다는 듯한 표정으로 말했다.

"담기령, 그 욕심 많은 놈이 그냥 없던 일로 했을 리는 없을 것이고…… 크흐흐, 그놈 앞에 가서 옷이라도 벗었

느냐?"

"당신이 생각할 수 있는 수준은 딱 거기까지겠지요."

"흥, 네년이 가진 게 그 더러운 몸뚱어리 말고 뭐가 있단 말이냐? 아니면 네년이 무슨 수로 그 일을 해결한단 말이냐?"

"이미 말하지 않았습니까? 당신은 알 필요가 없다고."

"크흐흐, 대답할 말이 없으니 그런 거겠지."

계속 비꼬는 임사균의 말에 이석약이 불쑥 물었다.

"어떻게든 빨리 죽고 싶은 모양이군요."

"뭣이?"

"그렇지 않고서야 저를 계속 도발하실 이유는 없으니까요. 하지만 당신이 죽는 날은 제가 결정합니다. 그 벽에 매달린 채 언제 죽음이 찾아올지 모른다는 공포, 혹은 조금이라도 빨리 죽고 싶지만 하루하루 생이 연장되는, 그 피 말리는 기다림을 즐기다……."

말을 하는 이석약의 목소리가 점점 잠겨들었다. 하지만 그녀는 꼿꼿한 표정으로 목소리를 가다듬으며 하던 말을 마무리했다.

"당신의 생사여탈권은 저에게 있다는 것을 명심하셔야 할 겁니다."

하지만 임사균을 노려보는 이석약의 어깨는 이미 잘게

떨리고 있었다. 이제 막 도제경을 보내고 오는 길. 임사균
을 마주하니 새삼스레 복받치는 감정을 주체할 수가 없었
다. 사부를 죽인 원수에 대한 복수심과 분노, 그리고 사부
를 잃은 슬픔이 한꺼번에 치솟으며 심장을 쥐어짜는 듯한
통증이 밀려왔다.

파르르 어깨를 떠는 이석약을 보며 임사균이 싸늘하게
말했다.

"크흐흐, 기회를 주려 했더니 안 되겠구나. 내 직접 혀
를 깨물고 죽어 주마."

임사균이 잘됐다는 듯 말했지만, 이석약은 그 말을 별
로 귀에 담지 않았다.

"당신이 그럴 용기가 있었으면 이미 했겠지."

그러고는 재빨리 뒤로 돌아 밀실, 아니, 임사균을 위한
뇌옥의 문을 향해 힘겨운 걸음을 옮겼다.

"흑!"

이를 악물었지만 입술 사이로 흐느끼는 소리가 비집고
나왔다. 이상했다. 무릎에서 갑자기 힘이 빠지며 몸이 휘
청이는 느낌까지.

그렇게 애써 참아 온 울음이었다. 장례를 치르는 동안
에도, 오늘 관을 묻고 흙을 덮으면서도 참았던 울음이다.
그런데 왜 하필 지금, 저 더러운 임사균 앞에서 눈물이 나

는 건지 알 수가 없었다.

하지만 한 번 쏟아진 눈물은 멈출 생각을 않았다.

끼이익.

쾅!

급히 임사균의 뇌옥에서 빠져나와 문을 닫는 순간, 더 이상 몸을 지탱할 수 없을 정도로 무릎에서 힘이 쑥 빠졌다.

"흐으윽!"

무너지는 몸뚱이를 애써 바로 세우고 손으로 입을 틀어막았다. 터져 나오는 울음을 어떻게든 삼키고 싶었다. 머릿속에는 조금이라 빨리 방으로 돌아가고 싶은 생각밖에 없었다. 문의 제자들에게 이런 모습을 보여서도 안 되고, 임사균이 갇혀 있는 방 앞에서 우는 것도 싫었다.

무릎이 덜덜 떨려 걷는 것조차 쉽지가 않았다. 하지만 이석약은 안간힘을 다해 걸음을 옮겼다. 이 장 정도밖에 되지 않는 복도가 오늘따라 너무나 길게만 느껴졌다.

"장문인!"

복도 끝의 문이 열리는 동시에 청이문이 비명 같은 외침을 터트렸다. 새하얗게 질린데다 엉망으로 일그러지고 눈물로 범벅이 된 이석약의 낭패스러운 몰골 탓이었다.

"괘, 괜찮습니다."

이석약은 힘겹게 손을 들어 청이문이 다가오는 것을 막았다. 그리고 복도를 빠져나온 걸음 그대로 비틀거리며 자신의 방으로 향했다.

청이문이 걱정스러운 얼굴로 황급히 그녀의 뒤를 쫓았다. 하지만 이석약이 세차게 손을 저으며 청이문을 막았다.

"혼자 갈 수 있습니다."

이석약은 애써 씩씩하게 말을 했다. 그리고 잠시 멈칫했다가 말을 덧붙였다.

"오늘은 혼자 있고 싶습니다. 제 방에서 제자들을 좀 물러 주십시오."

이석약의 속마음을 짐작한 청이문의 얼굴에 어두운 그늘이 드리워졌다. 임사균으로 인해 벌어진 일들, 특히 담씨세가의 은광과 하세견으로 인한 일들이 온통 자신의 탓인 것 같은 죄책감 때문이었다.

"알겠소이다, 장문 사질."

청이문이 무거운 동작으로 포권을 하며 가만히 머리를 숙였다. 그리고 이석약은 여전히 비틀거리면서도 꿋꿋하게 자신의 방을 향해 걸었다.

털썩!

이석약은 자신의 방으로 들어서자마자 그대로 침상으로

몸을 던졌다.

"흐으으윽!"

이불을 그러모아 얼굴을 파묻은 채 숨죽여 울음을 터트렸다. 도대체 왜 이렇게 눈물이 나는지 모르겠다. 하지만 한 번 터진 울음은 좀처럼 멈출 생각을 않았다.

그렇게 얼마나 시간이 지났을까. 더 이상 눈물이 흐르지 않았다. 얼마나 눈물을 쏟았는지, 얼마나 오열을 토해 냈는지 알 수 없었지만, 온몸에 힘이 하나도 들어가지 않았다.

"하아!"

멍하니 누워 천장을 쳐다보는데 절로 깊은 한숨이 탁, 터져 나왔다.

문득 울 수 있을 때 울어 두라던 담고성의 말이 떠올랐다. 하지만 이렇게나 울었는데도 뭔가 달라졌다는 기분은 느껴지지 않았다.

"후우!"

이번에는 의식한 상태에서 긴 한숨을 내쉬었다.

왜 하필 그때 울음이 터졌는지는 여전히 알 수가 없었다. 뭔가 특별한 계기가 있던 것은 아닌 것 같다. 그냥 하필이면 그때 갑자기 참고 있던 감정이 휘몰아치며 울음이 터져 나왔다.

얼마나 울었는지 눈 주위가 퉁퉁 부어 있는 것이 만져 보지 않아도 느껴졌다. 이런 꼴로 밖으로 나갈 수는 없을 듯했다. 아무래도 저녁을 거르는 것이 좋으리라.

"후우!"

세 번째 한숨을 내쉰 이석약이 몸을 일으켰다.

"으음!"

하지만 운다는 것은 생각보다 아주 큰 체력을 소모하는 일. 온몸에 힘이 빠져 쉬이 몸을 가눌 수가 없었다. 뒤이어 갑자기 강렬한 공복감이 밀려왔다. 도저히 그냥 참을 수 없을 정도로 심각한 허기.

"거르기는 힘들 것 같고……."

이석약이 오른손으로 배를 쓰다듬으며 중얼거렸다.

평소에는 제자들과 함께 밥을 먹지만, 오늘은 아무래도 힘들 것 같았다.

"오늘은 방에서 혼자 먹어야겠군."

그렇게 혼잣말을 중얼거린 이석약이 방문을 향해 걸음을 옮겼다.

방문을 열고 보니 평소에 보이던 하인이나 제자들이 보이지 않는다. 아마도 청이문이 이석약의 방에서 사람들을 멀찍이 떨어트려 놓은 모양이었다.

그때, 누군가 이석약을 불렀다.

"장문인."

고개를 돌려보니 청이문이 저 멀리서 걱정스러운 표정으로 급히 다가오고 있었다. 사람들을 물린 후, 걱정스러운 마음에 멀찍이서 지켜보고 있던 모양이다.

"아, 사숙."

이석약이 얼른 고개를 돌렸다. 벌겋게 충혈되고 퉁퉁 부어 있는 얼굴을 보이고 싶지 않은 마음.

"장문 사질, 괜찮으신가?"

"괜찮습니다."

"임 사제와 무슨 일이 있던 건 아니신가?"

"아닙니다."

짧은 대답 후 더 이상의 설명이 없는 이석약의 모습에 청이문도 더는 캐묻지 않고 고개를 끄덕였다.

"그래, 별일이 없고 괜찮으시다면 그걸로 되었지."

"그런데 부탁드릴 것이 있어요."

"말씀하시게."

"오늘은 혼자 저녁을 먹고 싶으니 숙수에게 방으로 식사를 가져다 달라고 해 주시겠습니까? 제가 지금 얼굴이 엉망인지라……."

쑥스러운 듯 말끝을 흐리며 슬쩍 고개를 돌리는 이석약의 모습에 청이문이 바로 고개를 끄덕였다.

"그리하겠네."

"예, 사숙."

"음?"

순간, 청이문이 갑자기 멈칫하며 이석약을 보았다.

"왜 그러시지요?"

"아, 아닐세. 아, 그리고 한 가지."

"말씀하십시오."

"사실 지금 장문 사질에게 이런 이야기를 하는 게 미안하기는 하네만…… 도 사형의 장례도 끝났는데 임 사제를 계속 저리 둘 수는 없지 않겠나?"

이석약은 대답 없이 가만히 생각에 잠겼다. 솔직한 심정으로는 최대한 오래 살려 두어 저 고통을 두고두고 맛보게 하고 싶었다.

하지만 현실적으로 임사균을 계속 저렇게 살려 둘 수는 없었다. 임사균의 생존에는 많은 이해관계가 얽혀 있기 때문이었다. 직접 피해를 본 담씨세가, 그리고 관졸들을 죽였으니 관부의 눈에 띄는 것도 문제였다. 만약 임사균이 살아 있다는 것이 알려지면, 분명 그의 신병을 요구할 것이다. 그리고 그리될 경우, 명도문의 입지가 심각하게 좁아질 우려가 있었다.

"하아!"

짧은 고민을 끝낸 이석약이 힘겨운 한숨을 토하며 말했다.

"사숙께서 마무리해 주십시오."

"잘 생각했네. 그럼 방에 들어가 쉬시게나. 내 저녁은 방으로 가져다주라 이르겠네."

청이문이 대화를 마무리하며 이석약을 향해 손을 내저었다. 그리고 재빨리 몸을 돌려 종종걸음을 옮겼다.

방금 전 청이문이 멈칫했던 이유는, 아주 잠깐이었지만 이석약의 얼굴에 옅은 미소가 스쳤기 때문이다. 민망함 때문인지 혹은 다른 이유가 있는지는 알 수 없었다. 그리고 이석약 본인은 그것을 자각하지 못한 듯도 했다. 하지만 그런 것들은 중요하지 않았다.

도제경이 죽은 이후, 항상 극도로 긴장한 채 무표정하게 지내던 이석약의 얼굴에 무언가 표정이 떠올랐다는 사실 자체가 중요했다. 계기가 뭔지는 알 수 없지만, 조금은 마음이 편해졌다는 방증이기 때문이다.

주방으로 향하는 청이문의 발걸음이 조금 가벼워졌다.

"축하하오!"

"하하, 이제 담 관주가 아니라 담 가주라 불러야겠구려!"

석대운과 진충회가 담기령을 향해 축하의 말을 건넸다.

"먼 걸음 해 주셔서 감사합니다."

"하하하, 당연히 와야 하지 않겠소? 같은 처주무련의 식구로서 이런 자리에 빠질 수는 없는 일이지. 안 그러오?"

진충회가 과장스러울 정도로 밝게 웃으며 말했다.

겨울이 지나고 훈풍이 불기 시작하는 계절, 처주무림대회 이후 처음으로 처주무련 사람들이 모두 담씨세가에 모인 날이었다. 바로 담기령이 새로이 담씨세가의 가주가 되는 것을 축하하기 위한 자리였다.

사실 담씨세가에서 지금껏 후계자가 가주 자리를 잇는다고 이렇게 성대하게 자리를 마련한 적은 없었다. 무림의 거대 방파들 같은 특별한 절차가 있지도 않았다. 그저 오늘부터 가주 일을 한다고 말을 하는 것으로 끝이었다.

하지만 지금 담씨세가는 처주무련의 중심에 있는 가문이었다. 예전처럼 그냥 간단하게 처리할 수가 없기에 특별한 절차나 의례는 하지 않더라도 연회라도 열어야 할 필요가 있던 것이다.

그리고 복귀도 토벌전 이후, 왜구들의 약탈이 현저히 줄어든 것에 대한 모두의 노고를 치하할 필요까지 겹쳤다.

덕분에 지난 처주무림대회와는 달리 처주무련 각 방파

의 중요 인사들까지 꽤 많은 사람들이 모인 자리였다.

그때, 사람들 사이를 헤치고 이석약이 다가왔다.

"축하드립니다."

이석약의 축하에 담기령이 포권을 하며 인사를 했다.

"아, 자리해 주셔서 감사합니다."

"오랜만에 만든 처주무련의 중요한 행사니 자리를 해야지요. 앞으로 담씨세가가 더 크게 키우십시오."

"예, 이 장문인."

두 사람의 모습을 지켜보던 석대운이 불쑥 끼어들며 말했다.

"처주무련에서 두 곳이 젊은 주인으로 바뀌었구먼. 이거, 나이 먹은 사람들은 빠지라는 압박이 아닌지 원!"

많이 누그러지기는 했지만 여전히 말하는 모양새가 곱지 않은 석대운이었다.

"하하, 그럴 리가 있겠습니까? 석 방주님과 진 가주님, 두 분이 연륜으로 저희를 끌어 주셔야지요."

"담 관주, 아니, 담 가주가 언제부터 그리 입에 발린 말을 잘했는지 모르겠구먼. 그렇지 않소, 진 가주?"

이죽거리듯 말해 놓고 자신에게 동의를 구하는 모습에 진충회의 얼굴이 흠칫 굳었다. 농이라는 걸 알아도 이런 말에 고개를 끄덕일 정도로 그의 담이 크지 않은 탓. 그저 헛기침을 하며 슬쩍 시선을 돌리는 것밖에 할 수 있는 것이 없었다.

"험험, 그거야……."

입으로는 그렇게 말을 하며 눈으로는 도대체 나한테 왜 이러느냐는 원망스러운 표정으로 석대운을 노려보았다.

그러다 갑자기 뭔가 생각난 듯 주변을 휘휘 둘러보더니 담기령 곁의 담고성을 향해 딴소리를 꺼냈다.

"음, 그런데 오왕부에서는 아무도 안 온 모양이군요?"

복귀도 토벌도 같이했고, 서로 도움을 주고받은 사이였다. 이런 자리에 참석을 해 주면 그 만큼 처주무련의 이름값이 올라가는 법이니 찾아보는 것이 어쩌면 당연한 일. 대답은 담기령과 나란히 서 있던 담고성이 했다.

"원래는 의위정께서 오기로 하셨으나, 왕부에 일이 생겨 못 오신다고 기별을 보내왔습니다."

그때, 갑자기 모여 있는 인파 사이가 좌우로 갈라지더니, 그 사이로 몇 사람이 이쪽을 향해 걸어왔다. 갑작스러운 변화에 그쪽으로 고개를 돌리던 담고성이 반색을 하며 나섰다.

"지부대인께서 예까지 어인 일이십니까?"

몇 명의 수행원을 이끌고 나타난 이는 용천현 지현에서

처주부 지부로 영전한 허중선이었다.

담고성의 말에 허중선이 반사적으로 흠칫한 표정을 지으며 물었다.

"내가 오면 불편한 자리였소이까?"

딱 봐도 심히 토라진 목소리. 소심한 허중선의 성격으로는 충분이 나올 법한 반응이었다. 담고성이 환하게 웃으며 얼른 그를 다독였다.

"하하, 그럴 리가 있겠습니까? 바쁘신 공무 중에 자리를 빛내 주셔서 감사한 마음에 드린 말씀입니다."

"허험, 그런가?"

"물론이지요."

"허허, 그렇다면 다행이구먼."

고개를 주억거린 허중선이 담기령을 향해 다가갔다.

"새로이 담가의 주인이 된 것을 축하하네. 앞으로도 서로 많은 도움을 줄 수 있으면 좋겠네."

담기령이 얼른 포권을 하며 인사를 받았다.

"감사합니다. 처주부 전체를 통괄하시는 지부대인이 되셨으니, 앞으로 처주무련을 더 좋게 보아주십시오."

"하하하, 처주무련이 백성들을 위해 얼마나 큰일을 하는지 내 아는데 당연히 그래야지."

허중선이 처주 지부에 오르던 날, 담씨세가에서는 영전

에 대한 축하 인사로 은광 문제를 없던 일로 해 주었다.

소심한 성격 때문에 뇌물조차 받지 않는 허중선의 평소 움직임을 생각하면, 오늘 이런 자리에도 오지 않았으리라. 하지만 그런 일이 있던 탓에 겁을 내면서도 이렇게 참석을 한 것이었다.

앞으로 잘 봐달라는 인사에도 웃으면서 고개를 끄덕인 것 또한 그만큼의 호감이 있기 때문이었다.

담고성이 주변 사람들을 둘러보며 말했다.

"안에 따로 자리를 마련했으니, 다들 가시지요."

그러자 허중선이 손을 가로저으며 말했다.

"나는 일이 바빠 이만 가 보아야 하네. 아직 일이 완전히 손에 익지 않아서 말이야."

원래 오래 머물 생각도 없었을뿐더러, 밀담을 나누는 것으로 오해받을 만한 자리에 끼고 싶지 않기 때문이었다. 원래도 그런 자리는 겁을 내는데, 지금 이 자리는 처주부에서는 가장 강한 무림 세력이 모인 자리가 아닌가.

담기령이 예상을 했다는 듯 고개를 끄덕였다.

"알겠습니다."

"그럼 이만 가 보겠네. 나중에 또 보세."

"예, 제가 모시겠습니다."

하지만 허중선은 이번에도 손사래를 쳤다.

"아닐세. 이런 때에 주인이 자리를 비우면 안 되지. 이만 가 보겠네."

말을 마치기 무섭게 허중선이 담가승택의 정문을 향해 발길을 돌렸다.

"살펴 가십시오!"

자리에 있던 이들이 다 같이 포권을 하며 인사를 했다. 그리고 담고성이 얼른 그 뒤를 따랐다. 아무리 본인이 사양을 했다고 해도 일단 배웅을 해 두는 게 좋다. 허중선의 성격상 삐칠 게 분명했기 때문이다.

그때였다. 앞서 걷던 허중선이 갑자기 걸음을 멈추더니, 포권과 함께 깊이 허리를 숙이며 외쳤다.

"서, 섭 우참정 대인!"

동시에 모두의 시선이 동시에 소리가 난 쪽으로 향했다. 그리고 섭문경이 당황해 허리를 펴지 못하고 있는 허중선의 손을 잡아 일으켜 세우는 광경을 확인했다.

담기령이 재빨리 섭문경에게 다가가며 인사를 했다.

"우참정께서 이 먼 곳까지 어쩐 일이십니까?"

하지만 섭문경은 그 인사를 받을 겨를이 없었다. 당황한 나머지 어깨만 바들바들 떨고 있는 허중선을 진정시키느라 진땀을 빼고 있는 탓이었다.

"우참정 대인…… 그, 그게 그러니까, 지금 제가 여,

여기에 온 것은…… 다, 다른 이유가 있는 것이 아니라……."

처주부 내에서 가장 강한 세력을 가진 처주무련. 그 처주무련의 수장인 담씨세가의 가주가 바뀌는 자리였다. 그런 곳에 처주부 지부인 허중선이 찾아오는 것은 분명 오해를 받을 수 있는 일이었다.

물론, 의례적인 축하를 위해 왔을 수도 있다. 그리고 꽤 많은 관리들이 당연하다는 듯이 뭔가를 요구하기도 했다. 그러니 이렇게 벌벌 떨 일이 아니었지만, 허중선에게는 심장이 멎을 정도로 심각한 일인 것이 문제였다.

"일어나십시오. 나도 새로운 담 가주와 친분이 있어 축하를 위해 찾아온 것입니다."

"예, 그러셨군요. 저, 저도 과거에 용천 지현으로 있었기에 친분이 있어…… 추, 축하를 하러 온 것뿐이지, 절대, 절대 다른 의도가 있는 것이 아닙니다!"

"알았습니다. 그러니 일어나세요."

"예, 예. 부디 오해는 하지 마시고……."

"자꾸 이러시면 정말 뭔가 부정한 의도가 있는 것으로 생각하겠습니다."

섭문경의 엄포와 동시에 허중선이 황급히 허리를 세우며 악을 쓰듯 외쳤다.

"아, 아닙니다!"

"아닌 걸 알고 있으니 걱정하지 마십시오. 그런데 지금 가시려던 참입니까?"

"예, 정말 잠깐 인사만 하러 왔던 참인지라……."

허중선의 간절한 표정에 섭문경이 저도 모르게 피식 웃음을 터트리며 말했다.

"알겠습니다. 그럼 가던 길 마저 가십시오. 저는 담 가주와 긴히 이야기할 것이 있습니다."

"예, 그럼 편히 일 보십시오. 소인은 이만 물러가겠습니다!"

허중선이 또다시 포권을 하며 허리가 부러지도록 굽실거렸다. 그 모습을 본 섭문경이 질린 표정으로 고개를 절레절레 저었다. 그러고는 담기령 쪽으로 다가가며 뒤도 돌아보지 않은 채 말했다.

"그럼 가던 길 가십시오."

허중선의 성격상 여기서 또 뭐라고 이야기를 해 봐야 구구절절한 이야기가 끝없이 이어질 게 빤한 탓이었다. 차라리 이렇게 얘기를 끊는 것이 섭문경은 물론, 허중선 본인도 편해지는 길이었다.

"예, 그럼 일 보십시오."

허중선이 휘적휘적 걸어가는 섭문경의 뒤통수를 향해

끊임없이 허리를 굽실거리며 인사를 했다. 그리고 그것을
보다 못한 담고성이 타이르듯 말했다.

"허 대인, 이만 일어나시지요. 오늘 안에 부도에 닿으
려면 지금 서두르셔야 합니다."

"아, 그런가?"

"예. 그러니 얼른 일어나십시오."

"그런데……."

허중선이 섭문경 쪽을 힐끗거리더니 담고성을 향해 나
지막한 목소리로 물었다.

"이상한 오해를 하시지는 않았겠지?"

"걱정 마십시오. 그러고 보니 허 대인을 지부 자리에
추대한 분이 섭 우참정 대인 아니십니까?"

"그, 그렇기는 했지."

"그러니 걱정일랑 마시고 얼른 가시지요."

"아, 알겠네."

허중선은 떨어지지 않는 발걸음을 억지로 옮기며 연신
섭문경 쪽을 돌아보았다. 하지만 섭문경은 이미 인파에
가려져 보이지 않았다.

"바쁘셔서 못 오실 줄 알았는데, 먼 걸음 하셨군요."

담기령의 인사에 섭문경이 고개를 끄덕였다.

"축하도 할 겸, 긴밀히 논의해야 할 일도 있는 참이라 오게 됐습니다."

"논의하실 일이라는 건······."

담기령이 급히 주변을 살핀 후 나직하게 물었다.

"용산방 일입니까?"

섭문경이 곧장 고개를 끄덕였다.

복귀도 토벌로부터 넉 달 정도가 흐른 시점이었다. 그 사이 처주부 부청은 절왜관이 부청에 속한 처주부의 공식적인 관문이라고 공표했다. 그리고 처주무련은 관문을 통과하는 데 세금을 걷기 시작했다.

당연히 처주부 내에 있던 각 무림 세력들과 표국들이 격렬하게 반발을 했다. 하지만 상황이 변할 여지는 조금도 없었다. 처주무련에서는 처주 부청으로부터 받은 정당한 권리라는 주장을 했고, 처주부 지부인 허중선은 전임 지부의 결정을 자신이 마음대로 바꿀 수 없다는 태도로 일관했다.

절왜관에서의 징세는 처주부의 다른 무림 세력들에 대한 선전포고나 마찬가지였다. 표국은 무림 세력은 큰 수입원 중 하나였다. 그 표국의 운영에 제동을 가한다는 것은 누가 봐도 공세적인 태도.

그리고 이제 처주무련과 다른 세력들 간의 갈등은 실제

적인 무력 충돌이 일어나기 직전이었다.

문제는 지금 담기령이 말한 용산방이었다.

오왕부에서 조사한 바에 의하면, 중원 전역에서 밀거래 되고 있는 유황의 칠 할 정도가 바로 용산방에서 흘러나오고 있었다. 그렇기에 오왕부에서는 용산방의 유황 유통 경로를 파악하는 데 전력을 다하고 있는 상황이었다.

그런 상황에서 절왜관의 징세가 시작되었으니, 애매한 상황이 발생하게 되는 것이었다.

그 정도 대량의 유황이라면 육로가 아닌 수로를 통해 운반할 수밖에 없었다. 그런데 그 수로를 절왜관이 막고 있으니, 용산방의 입장에서는 유황의 운반을 들킬 우려가 있었다. 그럴 경우, 위험을 줄이기 위해 수로를 포기하고 힘이 들더라도 운반 경로를 육로로 바꿀 가능성이 컸다.

그리고 그러한 상황은 지금껏 오왕부에서 조사해 왔던 것들이 백지화된다는 것을 의미했다.

이러기도 저러기도 애매한 상황.

물론 오왕부에서 사전에 절왜관의 가동을 늦춰 달라는 요청을 하기는 했다. 하지만 처주무련 입장에서도 그것은 이후에 큰 타격으로 되돌아올 수 있기에 받아들일 수 없는 이야기였다.

오왕부로서는 왕부의 권위를 내세워 절왜관을 폐쇄하는

방법도 있었지만, 이미 한 배를 탄 것이나 다름없는 상황에서 마냥 강압적으로만 일을 처리할 수 없었다.

물론, 처주무련 입장에서도 곤란한 일이었다. 용산방만 특혜를 주는 것은 오히려 저쪽이 의심을 할 가능성이 높았다. 그렇다고 모두에게 세금을 걷지 않는 것 또한 말이 안 되는 일이었다.

그러던 차에 섭문경이 그에 대한 논의를 하자고 찾아온 것이었다.

"뭔가 결론이 나온 것입니까?"

"어느 정도는 나왔네만…… 그것이 확실한 것은 아니라서 말일세."

"으음……."

그때, 허중선을 배웅하러 갔던 담고성이 자리로 돌아왔다. 담기령이 신중한 표정으로 담고성에게 물었다.

"오늘 오겠다고 했던 손님들은 다 왔지요?"

섭문경과 담기령의 심각한 표정으로 확인한 담고성이 급히 기억을 더듬은 후 고개를 끄덕였다.

"오겠다고 했던 사람들은 이미 인사를 했으니 더는 없을 것이다."

담고성은 담기령에게 대답을 한 후, 곧장 섭문경에게 시선을 주며 물었다.

"긴히 하실 이야기가 있는 모양이군요."

"그렇습니다. 저도 잠시 짬을 내어 온 터라, 가능하면 빨리 이야기를 마무리 지었으면 합니다."

"알겠습니다."

섭문경에게 고개를 끄덕인 담고성이 다시 담기령을 향해 말했다.

"이후에 오는 손님들은 내가 접대를 할 테니, 다 함께 들어가 얘기를 나누도록 해라."

"예? 아버지는 안 들어가시려고요?"

"나는 이미 물러앉았으니, 이제 네가 해야지."

"하지만……."

담기령의 얼굴에 죄스러운 표정이 떠올랐다. 가주 자리를 내줬다고 바로 뒷방 늙은이 행세를 하니, 그럴 필요가 없는데도 미안한 마음이 든 탓이다. 하지만 담고성은 아무렇지도 않은 듯, 아니, 오히려 한결 홀가분해진 표정으로 말했다.

"나는 이렇게 있는 편이 훨씬 마음이 편하니, 어여 들어가 보아라."

진심으로 하는 말이었다. 세가의 가주라는 무거운 짐을 벗고 나니 이렇게 마음이 편할 수가 없었다. 물론, 자식들의 안위나 앞으로 있을 험난함에 대한 걱정은 가주 자리와는 별개의 문제였지만 말이다.

한결 편안해진 아버지의 얼굴을 본 담기령이 고개를 끄덕였다.

"알겠습니다. 그럼 먼저 들어가 보겠습니다."

그리고 장원 안쪽을 가리키며 섭문경과 이석약, 진충회, 석대운을 향해 말했다.

"들어가시지요."

"오왕부에서는 어떻게 결정이 났습니까?"

담기령의 물음에 섭문경이 여전히 애매한 표정으로 답했다.

"아직 아무런 결정도 내린 것이 없습니다. 시간이 흐르면서 앞뒤가 맞지 않은 부분도 발견되고, 상황도 조금 변한 탓에 오왕부에서도 조금 갈팡질팡하고 있는 상황입니다. 그래서 처주무련의 생각을 들어볼 필요가 있어서 이렇게 찾아왔습니다."

밖에서 함께 들어온 담기령과 이석약, 진충회, 석대운 외에 이세신과 유충까지 하나같이 궁금한 표정을 지었다.

"말씀하시지요."

담기령의 말에 섭문경이 고개를 끄덕이며 입을 열었다.

"우선 알려 드려야 할 이야기가 있습니다. 처주무련에

서 복귀도 토벌을 끝낸 그때쯤, 오왕부에서는 용산방과 그 배후를 캐기 위해 한 가지 계획을 실행시켰습니다. 바로 용산방에 간자를 잠입시키는 것이었습니다. 그런데 그 계획은 간자가 들어가 용산방을 캐는 단순한 내용이 아니었습니다."

거기까지 말한 섭문경이 담기령을 향해 슬쩍 시선을 던졌다가 거두었다. 담기령은 알고 있는 내용이지만, 여기 있는 사람들은 처음 듣는 이야기니 그냥 모른 척하라는 의미였다. 담기령만 그 내용을 알고 있었다는 이야기는, 담기령 외에 다른 사람들은 믿지 않는다는 인상을 심어 줄 가능성이 있는 탓이었다.

그 의미를 눈치챈 담기령이 슬쩍 질문을 던졌다.

"단순한 간자가 아니라는 건 무슨 말씀입니까?"

"간자로 잠입시킨 이가…… 남궁세가 사람이었습니다."

"남궁세가요? 남궁세가라면?"

"구씨세가 무인들의 죽음과 관련이 있는 것으로 여겨지는 곳이 그 남궁세가지요."

"그런데 어떻게……."

"오왕부에서 태자 전하께 비밀스럽게 청을 넣었고, 태자 전하의 요청으로 남궁세가에서 사람을 내준 것입니다."

남궁세가가 본가는 남직례에 자리 잡고 있었고, 남직례는 황태자가 직접 다스리는 것이나 다름없는 지역이었다. 그러니 아무리 요청이라는 방식을 택했다 해도 남궁세가가 거절할 수는 없던 것이다.

　순간, 두 사람의 대화를 듣고 있던 이석약이 눈을 빛내며 물었다.

　"남궁세가는 어쩌면 용산방이나 그 배후와 한통속일 가능성이 있지 않나요? 그런데도 남궁세가 사람을 간자로 잠입시켰다는 말은…… 일종의 반간계인가요?"

　그러면서 담기령을 향해 묘한 시선을 한 번 던졌다. 앞뒤가 척척 맞게 주고받는 두 사람의 대화를 듣는 순간, 담기령이 이미 알고 있었다는 사실을 눈치챈 것이었다.

　대답은 당연히 섭문경의 입에서 나왔다.

　"그렇습니다. 어쨌든 남궁세가는 우리가 자신들을 의심하고 있다는 사실은 모를 테니까요. 그리되면 용산방과 그 배후, 그리고 남궁세가가 우리를 향해 반간계를 쓰려 할 것이고, 그렇게 보내오는 거짓 정보를 이용해 역으로 진실을 파고들고자 했지요. 물론 우리가 주시하고 있음을 알리려는 목적도 있었습니다."

　남궁세가의 간자는 의심을 받지 않기 위해서는 어떻게든 정보를 전달해야 하는 입장에 처하게 된다. 그런데 마냥 거짓 정보만 줄 수는 없으니 중간 중간 진짜 정보를 포함시켜야 하는 상황이 되는 것이다.

그리고 오왕부는 그 정보들을 취합해 아직 드러나지 않은 배후의 실체에 다가가고자 했던 것이다.

"그렇다면 앞뒤가 맞지 않는다는 건 무슨 말씀이십니까?"

"잠입시킨 간자가 보내오는 정보가 모두 진짜 정보였습니다."

"네?"

"우리가 판단하기에 가능하면 숨기고 싶어 할 것 같은 내용까지 포함되어 있었고, 그것들이 모두 진짜였던 것입니다."

"그렇다면…… 남궁세가는 용산방과 관계가 없다고 봐야 하는 건가요?"

"그걸 아직 파악할 수가 없습니다."

고개를 젓는 섭문경을 향해 석대운이 물었다.

"그럼 그렇게 알게 된 정보는 놈들의 실체를 파악할 정도가 되는 것입니까?"

"그 정도로 수준까지의 정보는 없었습니다. 잠입한 지 이제 겨우 석 달 정도니까요. 그래도 유황의 운반책이 어떤 세력인지 어렴풋이 윤곽이 잡혔습니다. 겨우 석 달이라는 점을 생각한다면 충분히 훌륭한 성과지요. 물론, 그 남궁세가의 간자를 확실하게 믿을 수 있다는 전제가 필요합니다만."

"애매하군요."

석대운이 아까 섭문경이 했던 말을 떠올리며 고개를 끄덕였다. 간자를 이대로 두면 용산방의 배후에 누가 있는지 알아낼 가능성이 높았다. 하지만 그것은 남궁세가가 적이 아니라는 사실이 확실해졌을 때의 경우다. 어쩌면 나중에 결정적인 때를 위해 지금 미끼를 던지고 있다고 생각할 수도 있기 때문이었다.

게다가 용산방을 이대로 두는 것은 처주무련의 입장에서는 곤란할 수밖에 없다는 것도 문제였다.

이래저래 결정을 내리기가 힘든 상황인 것이다.

그때까지 가만히 있던 이세신이 불쑥 입을 열었다.

"차라리 이참에 용산방을 치는 것은 어떻습니까?"

"그게 무슨 말인가?"

생각지 못한 얘기에 진충회가 깜짝 놀란 표정으로 물었다. 지금 용산방을 치는 것은, 지금까지 용산방에 들였던 공을 모두 무위로 돌리는 것이 아닌가.

하지만 이세신과 나란히 있던 유충 또한 이세신의 말을 거들었다.

"제 생각에도 용산방을 치는 것은 나쁘지 않은 방법인
듯합니다. 그, 그걸 뭐라고 하지요? 뱀이 있는지 확인한
다고 했던가요?"

"타초경사(打草驚蛇)?"

삼십육계의 제십삼계, 주변의 풀을 두드려 뱀을 쫓는
방법이었다. 용산방이 풀, 그 배후가 뱀인 셈이었다.

"예, 예. 그거요. 용산방을 건드리면 그 배후가 드러날
수도 있습니다."

유충의 대답에 이어 이세신이 설명을 더했다.

"삼십삼계인 반간계를 십삼계로 바꾸자는 말입니다. 싸
움이 벌어졌을 때 잠입시킨 간자의 반응을 보면 남궁세가
에 대한 판단도 훨씬 정확해질 겁니다. 더 이상 다른 수를
쓸 수 없는 상황에 이르면, 진심이 드러나게 되지 않습니
까?"

담씨세가의 두 책사가 똑같은 생각으로 입을 열었다.
이야기를 하며 의견을 조율하기는 해도, 무조건적으로 서
로의 생각에 고개를 끄덕이는 법이 없는 두 사람이었다.
그런 두 사람의 생각이 일치했다는 것은 그만큼 성공 가
능성이 높다는 뜻이었다.

잠시 생각을 정리한 담기령이 확인하듯 물었다.

"용산방을 건드려 그 배후를 알아내는 동시에, 잠입시

킨 간자를 건드려 남궁세가의 진면목 또한 알아내자는 말인가?"

그러면서도 한편으로는 살짝 눈살을 찌푸렸다.

'서고의 책을 죄다 읽어 봤어야 하는 건데.'

예전의 제갈량이니 강태공이니 하는 이름들도 그렇고, 지금의 십삼계니 삼십삼계니 하는 것도 알 수 없는 것들이었다. 대충 대화를 통해 의미를 추측하는 정도.

이전부터 중원의 과거와 관련된 내용들을 알아보리라 결심을 했지만, 줄곧 바쁘게 움직인 탓에 미처 그것을 하지 못한 것이었다.

섭문경이 담기령의 말을 받았다.

"그렇게 되면 처주무련의 골치 아픈 문제도 해결되는 셈이겠군요. 다른 분들 생각은 어떻습니까?"

이견이 있을 리 없었다. 그렇지 않아도 처주무림을 장악하는 데 걸림돌이 되는 용산방이었다. 그 문제와 오왕부의 문제를 동시에 일소할 수 있는 방법에 누가 다른 의견을 내겠는가.

모두들 고개를 끄덕이는 모습에, 섭문경 또한 고개를 끄덕이며 말했다.

"항주부로 올라가는 즉시 세자 저하께 말씀을 올리겠습니다. 처주무련에서는 용산방을 칠 준비를 해 주십시오."

4장
반간계

"이제 결정을 내려야 하지 않겠습니까?"

용산방 좌호법 송제원의 물음에 용산방 방주 이첨산이 짜증스러운 표정으로 고개를 끄덕였다.

"그렇기는 한데……."

"이대로 가만히 있다가는 단순히 곤란한 걸 떠나서 위험한 상황이 올 수도 있습니다."

"그야 그렇지. 하, 이럴 줄 알았으면 처주무련에 조용히 한 발 걸쳤어야 하는 게 아닌가 싶구먼."

용산방의 상황은 말 그대로 진퇴양난의 상황이었다. 그리고 그 원인은 다름 아닌 절왜관이었다.

넉 달 전, 왜구의 약탈을 막겠다며 건설된 절왜관이 난데없이 세금을 걷기 시작한 것이었다. 그리고 그것은 엉뚱한 방향으로 용산방의 행사를 방해하고 있었다.

세금을 내는 것은 문제가 아니었다. 하지만 그 내역은 낱낱이 기록이 되는 것이고, 얼마나 많은 물자들이 용산방을 통해 움직이고 있는지를 알려 주는 지표였다. 그리고 그 마지막은, 용산방의 규모에 맞지 않은 어마어마한 물자 유통량에 대한 의구심과 관의 직접적인 감찰을 불러올 일이었다.

그렇다고 새로 육로를 개척하는 것도 말이 되지 않았다. 수로를 이용하면 세금을 내야 하니 수입이 줄어들기는 한다. 하지만 육로를 개척하는 것에 비해서는 손실이 훨씬 적었다. 그런데 갑자기 수로를 이용하지 않고 육로만 이용한다면, 그 역시 의심과 감찰을 부르는 일이었다.

이첨산이 처주무련 결성에 반대했던 일을 후회하는 것도 어쩌면 당연한 일이었다.

"이제 와서 들어가겠다고 말하는 것도 말이 되지 않으니, 그 일에 대해서는 더 이상 생각지 않으시는 게 좋습니다."

"하지만 방금 자네도 말하지 않았나. 지금 위에서 우리를 보는 시선이 절대 우호적이지만은 않을 거란 말이야."

"그렇기는 합니다만······."

송제원이 말끝을 흐리며 애매한 표정을 지었다. 그리고 이첨산은 흥미가 동한 얼굴로 그런 송제원을 보았다. 좌호법인 동시에 책사이기도 한 송제원은 평소 거침없이 말을 뱉는 성격이었다. 그런 그가 애매하게 말끝을 흐리고, 뭔가 할 말이 있는 듯한 표정을 지으면서도 말을 꺼내지 않는 것은 그리 흔한 일이 아니기 때문이었다.

"뭔가 생각해 둔 것이 있으면 답답하게 하지 말고 말하게. 좌호법이 언제부터 그렇게 말을 가렸다고."

"저도 확실한 방법이 떠오르는 것은 아닙니다."

"그래도 하고 싶은 말은 있지 않은가."

"앞도 막히고 뒤도 막혔는데, 이대로 말라 죽을 생각이 아니라면 어느 쪽이든 강행 돌파 하는 수밖에 없다고 봅니다. 다행이 처주무련을 상대하기 위해 비밀리에 모아 놓은 전력도 있고, 윗선에서 지원도 받을 수 있으니 절대 승산이 없는 상황도 아닙니다."

이첨산이 의자 깊숙이 몸을 묻고는 팔짱을 낀 채 신중한 눈빛으로 송제원을 보았다.

"어쩔 수 없다고 말은 하지만, 자네가 아무런 방도도 없이 무작정 싸우자고 말하는 건 아닐 테고······. 자세히 말해 보게."

절왜관은, 그 운영하는 집단이 무림의 세력인 처주무련이라고는 해도 부청에서 인정을 한 이상 국가의 관문에 속하는 기관이었다. 산해관이나 옥문관 같은 시설은 아니지만, 어쨌든 나라의 관문 중 하나. 그런 관문을 공격한다는 것은 자칫하면 반역의 굴레를 뒤집어쓸 수도 있다는 뜻이었다.

그런 위험을 모를 리 없는 송제원이 선제공격을 말했다면, 그 나름의 방법도 있다는 뜻.

"가장 필요한 것은 명분입니다."

"나도 알고 있네."

"그러니 일단 처주무련과 싸우게 된다면, 그 이유에 절왜관은 절대 포함시키면 안 됩니다."

"그러니까 그 방법이 뭐냔 말일세."

"철저하게 무림의 분쟁으로 만들어야 합니다. 절왜관이 아닌, 다른 이유로 분쟁이 일어난 것으로 만들어야 우리가 명분을 가질 수 있지요. 또한, 그래야만 관부의 개입을 막을 수 있습니다. 그리고 처주무련을 이길 수만 있다면, 우리가 절왜관을 운영할 수 있습니다."

"흠!"

확실히 괜찮은 방법이었다. 처주무련의 도발에 대비해 암암리에 모아 놓은 전력이 상당했다. 게다가 처주무련과 충돌하게 되면 윗선에서도 막강한 지원을 해 줄 터. 게다가 이쪽의 전력은 드러난 것이 아닌 숨겨져 있는 것이니, 오히려 승산이 더 높다고 봐도 무방했다.

하지만 가장 중요한 한 가지가 부족했다.

"그런데 무슨 명분으로 처주무련을 친단 말인가?"

처주무련은 처주부 지부는 물론, 절강포정사사의 형조 우참정 섭문경, 마지막으로 오왕부와도 긴밀한 관계였다. 절대 흔들리지 않는 명분이 아니라면, 처주무련을 무너트려도 아무런 소용이 없었다.

"반간계(反間計)입니다."

"반간계?"

"잊으셨습니까? 얼마 전 본 방으로 들어온 간자가 있지 않습니까?"

잠시 기억을 더듬던 이첨산이 그제야 기억났다는 듯 고개를 끄덕였다.

"아, 그래. 왕 지현이 밀어 넣은 자였지. 이름이 청…… 청 뭐라고 했던 것 같은데?"

"예, 청관이라는 이름입니다."

"그랬지, 그런 이름이었어."

서너 달 쯤 지난 일이었다. 선평현 지현인 왕유기가 사람 하나를 넣어 달라는 부탁을 해 왔다. 그러면서 했던 말이, 당시 처주부 지부였던 섭문경이 심는 간자라 했다. 왕유기 지현은 꽤 오래전부터 용산방과 긴밀한 관계였으니 그러한 사실을 가르쳐 주는 것이 당연한 일.

어쨌든 섭문경의 요구를 거부할 수 없는 상황이었다. 게다가 숨어 있는 간자는 무서운 존재지만, 정체가 훤히 드러난 간자는 오히려 환영할 만한 존재. 그렇기에 청관이라는 이름의 간자를 용산방에 받아들여 직급은 있지만 방 내부의 일에 접근하기 힘든 한직을 내주었다. 그리고 그때부터 송제원은 나중에 요긴하게 써먹을 생각으로 꾸준히 감시를 하며 관리하고 있던 것이다.

"담씨세가와 섭문경이 긴밀한 관계라는 것은 이미 잘 알려진 사실입니다. 간자 놈을 이용하면 처주무련을 함정에 밀어 넣을 수 있습니다."

"함정? 어떤 함정 말인가?"

"놈들이 우리를 주시하는 이유가 있지 않습니까?"

송제원의 말에 이첨산이 설마 하는 표정으로 물었다.

"유황 말인가?"

"예. 우리의 유황 밀거래를 놈들에게 뒤집어씌우는 것이지요."

"괜찮겠나? 놈들이 죄가 없다는 것이 밝혀질 게 빤하지 않은가."

"상관없습니다. 그것이 밝혀지는 건 나중의 일이지요. 그때는 이미 우리가 처주부를 장악한 이후입니다. 절왜관 또한 우리 손에 들어오지요. 관부 놈들의 행태는 방주께서도 잘 아시지 않습니까? 이용할 부분이 있으니 무림 세력과 가까이 지낼 뿐이고, 그 무림 세력이 망하게 되면 그대로 신경을 거두어 버리는 게 지금까지 그들의 모습이었습니다."

송제원의 말을 곱씹어 본 이첨산이 천천히 고개를 끄덕였다. 가만히 생각해 보니 꽤 그럴싸한 방법이다.

"그래, 그동안 그 간자에 대해 파악한 것이 있나?"

이첨산이 기대 어린 표정으로 물었지만, 송제원은 고개를 내저었다.

"일단 놈의 연락책이 섭문경에게 이어진다는 것까지는 알아냈습니다."

"섭문경이라……."

"하지만 섭문경이 관부의 인물인데다, 직급 또한 포정사의 우참정이다 보니 그 위의 어디로 이어져 있는지 파악할 수는 없었습니다."

"그렇다면 그동안 놈에게 드러난 우리 방의 정보도 상당하겠군."

이첨산의 얼굴에 걱정스러운 빛이 스쳤다. 하지만 송제

원은 고개를 저었다.

"놈이 파악할 정보야 빤하지 않습니까?"

"빤하다고?"

"그렇습니다. 어차피 유황에 대해 무언가 눈치챈 것이 있으니 간자를 밀어 넣은 게 아니겠습니까?"

"그렇긴 하지."

"하지만 놈을 이대로 두는 것 또한 위험합니다. 이대로 있다면 놈이 무언가 결정적인 것을 알아낼지도 모릅니다. 방주님께 움직임을 종용한 것은 처주무련 문제도 있지만, 그 간자를 이대로 두면 위험한 상황이 올 게 분명하기 때문이기도 합니다."

"그렇긴 하겠군. 그런데 듣자하니 생각보다 뛰어난 놈인 것 같은데, 어떻게 그놈을 이용해 반간계를 펼친단 말인가? 눈치가 보통이 아닐 텐데?"

걱정스러운 이첨산의 말에 송제원이 대수롭지 않은 표정으로 대답했다.

"사람은 급한 순간이 되면 신중함도 평소의 통찰력도 사라질 수밖에 없습니다."

"확인하거나 곱씹어 볼 겨를을 주지 않겠다는 말이군."

"그렇습니다. 급박함은 평소에 하지 않을 행동을 하게 만드는 법이지요."

송제원이 고개를 끄덕이고, 이첨산 또한 묵직하게 고개를 끄덕였다.

"괜찮겠구먼."

"그럼 당장 실행에 옮기겠습니다."

대화가 끝나고 두 사람은 의미심장한 표정으로 서로를 향해 고개를 주억거렸다.

"이보게, 청 고원."

용산방 총타 외원의 깊숙한 곳에 자리한 커다란 창고 앞. 누군가의 부름에 창고 앞의 의자에 앉아 있던 사내가 소리가 난 쪽으로 고개를 돌렸다.

이십 대 중반쯤 되어 보이는 사내의 이름은 청관이었다. 용산방 내의 직책은 총타 안에 자리한 십여 개의 창고 중 하나를 맡아 출납을 기록하고 관리하는 고원(庫員). 석 달 전, 선평현 지현인 왕유기의 인맥으로 용산방에 들어온 사내였다.

그런 청산의 진짜 정체는 섭문경이 반간계를 위해 밀어 넣은 간자였다. 그것도 남궁세가에서 차출된 비선(秘線) 중 한 명으로, 진짜 이름을 남궁청관이었다.

청관을 부른 이는 용산방 좌호법 송제원이었다.

"송 호법께서 여기까지 어쩐 일이십니까?"

청관이 급히 일어나 포권을 하며 인사를 하자, 송제원이 괜찮다는 듯 손을 내저으며 말했다.

"별일은 없는가?"

"그런 게 있을 만한 곳이 아니지 않습니까?"

창고는 창고지만, 특별히 중요한 물건들을 보관하기보다는 총타 내에서 쓰는 잡다한 집기들을 보관하는 창고였다. 재물이나 무기, 식량 같은 중요한 물자를 보관하는 곳이 아니니 크게 문제가 일어날 일이 없었다.

"하긴 그렇기는 하지."

고개를 끄덕이던 송제원이 조심스레 주변을 살피더니 슬쩍 청관을 향해 한 걸음 더 다가섰다. 그리고 한껏 목소리를 낮춰 말했다.

"밤에 따로 할 일이 있는가?"

"예? 밤에요?"

"아, 아니지. 할 일이 있어도 취소하게. 나하고 어디 갈 데가 있으니까."

"바, 밤중에 말입니까? 어디를 가자는 말씀이신지……."

청관이 짐짓 두려운 표정을 지으며 슬쩍 말꼬리를 흐렸다.

"그것까지는 말해 줄 수 없지만, 중요한 일일세. 그러니 자시(子時)가 되면 사람들 눈을 피해 내 집무실로 오게."

뭔가 아주 비밀스러운 일이라는 것이 빤히 보이는 이야기. 청관이 저도 모르게 목소리를 낮추며 한껏 긴장한 표정으로 대답했다.

"아, 알겠습니다."

"밤에 오면 자세히 말해 주겠네. 그럼 난 이만 가네."

"예, 살펴 가십시오."

청관이 얼른 인사를 하고, 송제원은 인사를 받는 둥 마는 둥 휘적휘적 왔던 곳으로 걸어갔다.

창고 앞에 홀로 남게 된 청관은 다시 의자에 앉아 등받이에 몸을 기댔다. 언제나 그랬던 것처럼 한가한 표정으로 시간을 죽이고 있는 모습. 하지만 머릿속은 그 어떤 때보다 복잡했다.

'역시 이상해.'

청관, 남궁청관은 도무지 종잡을 수 없는 삼 개월의 시간을 보내고 있는 중이었다.

남궁세가의 먼 방계 혈족인 그는 열세 살에 세가의 비선으로 뽑혔고, 그것을 위한 수련을 받아 왔다. 그리고 처음 임무에 투입된 때는 그의 나이가 열여덟 살이 되었을 때였다.

그렇게 여러 임무를 수행하며 몇 년이 지났다. 그리고 남궁청관이 스물두 살이 되었을 때, 그는 타고난 자질과 그동안 쌓은 경험으로 몸에 배인 통찰력과 노련함으로 남궁세가의 비선 중에서도 가장 뛰어나다는 인정을 받게 되었다. 그러다 얼마 전, 한 가지 단독 임무를 받았다. 바로 이곳, 용산방에 잠입하는 것이었다.

　"용산방이라니, 어디에 있는 방파입니까?"
　"절강성 처주부에 있는 방파다. 실은 나도 이번에 처음 듣게 된 이름이다."
　"제가 이런 의문을 가질 필요가 없다는 것은 알고 있습니다만, 가주님께서도 처음 이름을 들어 본다는 그곳을 조사하는 이유가 무엇입니까?"
　"태자 전하의 요청이다. 그리고 태자 전하는 오왕부에서 들어온 청이라 하셨지."
　"세가의 일이 아니라, 외부의 요청이란 말입니까?"
　"이례적이라는 것은 알고 있다. 하지만 묘한 부분이 있다."
　"묘한 부분이라 하심은……."
　"용산방과 유황이 관련이 있는 듯하다. 비선 중에서도 특별히 너를 보내는 이유도 그것이다."
　"유황이라면……."

"그래, 네가 생각하는 그것이다. 그런데 이상한 점은, 왜 하필 우리에게 이런 부탁을 하는가 하는 점이다. 오왕부에서 뭔가를 알고 있는 게 아니라면, 태자 전하께 무리한 청을 넣으면서까지 우리를 지목하지는 않았을 것이다."

"그렇군요."

"그러니…… 너는 용산방을 살피는 동시에 오왕부에 대해서도 파악하도록 해라."

"오왕부를 말입니까?"

"왕부를 함부로 손댈 수 없다는 건 알고 있다. 하지만 위험을 무릅쓰지 않을 수 없는 상황이다."

"알겠습니다."

용산방으로 오기 전, 가주인 남궁호천과 나누었던 마지막 대화였다. 무림의 거대 세가의 주인쯤 되면 비선을 불러다 앉혀 놓고 저런 깊이 있는 대화를 나누지 않는 법이었다. 비선이 알아야 할 것은 자신의 임무지, 일의 인과가 아니기 때문이었다.

그럼에도 청관을 불러 그런 깊이 있는 이야기를 했다는 것은, 그만큼 민감한 사안이라는 의미였다. 그리고 그렇기 때문에 청관의 머릿속은 그 어느 때보다 복잡했다.

'오왕부와 섭 우참정, 그리고 담씨세가…….'

중간에 끼어든 이가 섭문경이었으니, 섭문경과 오왕부가 깊은 관계인 것은 당연했다. 그리고 섭문경과 오왕부 둘 다 담씨세가와 긴밀하게 협조한다는 것 또한 알려진 바였다.

마지막으로 담씨세가와 그들이 이끄는 처주무련은 용산방을 적대시하고 있었다. 그리고 그 용산방과 처주무련의 갈등이 남궁세가의 입장으로는 앞뒤가 맞지 않는 상황이었다.

'기만을 위한 눈가림인가, 아니면 본 가의 오해인가?'

고민을 해 보지만 답을 내리기에는 정보가 너무 부족했다.

'일단은 좀 더 살펴보는 수밖에. 오늘 밤에 무언가 알 수 있을지도 모를 일이고.'

확실한 결론을 내릴 수 있을 때까지 좀 더 정보를 모으는 수밖에 없었다. 그리고 송제원의 눈치를 보건대, 오늘 밤 무언가 결정적인 걸 알게 될 수도 있었다.

"누가 본 사람은 없었는가?."

늦은 밤, 송제원의 집무실로 찾아간 청관은 자신을 맞이하는 두 사내를 볼 수 있었다.

'누구지?'

송제원과 낯선 얼굴의 중늙은이였다. 청관은 용산방 총타에서 지내는 동안 자신의 임무에 충실했고, 그 성과 중 하나가 용산방에 속해 있는 모든 이들을 파악하고 있다는 점이었다. 총타에 머무는 이라면 허드렛일을 하는 하인들까지, 그리고 한 달에 한 번 이상 총타에 드나드는 사람들까지 모두.

그런 청관의 기억 속에 눈앞의 중늙은이는 담겨 있지 않았다.

하지만 지금은 용산방 고원으로서 자신의 역할에 충실해야 할 때였다.

"아무도 없었습니다."

"잘했네."

순간, 청관의 머릿속에 갑작스럽게 떠오르는 생각이 있었다.

'함정?'

하지만 이내 머릿속의 생각을 지웠다. 들어오기 전에 철저하게 주변을 살펴보고 특별히 거슬리는 것이 없기에 들어온 참이었다. 함정일 가능성은 극히 낮았다. 설혹 함정이라 해도 그는 어떤 상황에서도 홀로 몸을 뺄 수 있는 실력이 있었다.

"한데……."

청관이 송제원 옆에 앉아 있는 중늙은이를 눈짓으로 가리키며 말끝을 흐렸다.

"인사 올리게. 방 대인일세."

송제원의 말에 청관이 얼른 중늙은이를 향해 포권을 했다.

"방 대인께 인사 올립니다. 총타에서 고원 일을 하고 있는 청관이라 합니다."

"방노삼일세. 일단 앉게."

중늙은이가 아무리 좋게 봐줘도 본명이 아닌, 가명이 분명한 이름을 대며 손짓을 했다.

"예, 방 대인."

대답과 함께 청관이 자리에 앉자 송제원이 나지막한 목소리로 입을 열었다.

"갑작스러운 일이라 당황했을 걸세."

"아, 아닙니다."

"실은 내 최근 총타 내에서 믿고 일을 맡길 사람을 찾고 있었네. 그러다 자네가 눈에 들어온 게지. 지현 나리의 소개로 들어온 사람이니 신분도 확실하고, 그간 일도 잘해 주었더구먼."

"별말씀을요. 그저 일을 주신 데 감사하고 열심히 할 뿐입니다."

청관은 다급히 손사래를 쳤다. 하지만 머릿속으로는 어렴풋한 불길함이 스치고 지나갔다.

"허허, 그리 겸손해할 것 없네."

"예, 좌호법님."

"그래서 어떤가?"

"어떠냐니요? 그게 무슨 말씀이신지?"

"내 자네를 믿을 테니, 자네도 나를 믿겠느냔 말일세."

송제원의 말이 끝나기가 무섭게 청관의 머릿속에서는 방금 전 떠올랐던 모호한 불길함의 실체가 잡혔다.

'반간계!'

남궁세가는 긴 세월 중원무림의 강자 중 하나로 군림하던 세가였다. 그런 전통의 강자들이 가지고 있는 강력한 무기 중 하나가 바로 긴 세월 동안 쌓은 무수히 많은 사례들이었다. 그렇게 쌓인 사례들은 기록이 되고, 그 기록들은 간접적인 경험이라는 형태가 되어 또 다른 무기가 되는 것이었다.

그리고 지금 송제원의 행동과 말, 눈빛 등은 적의 간자를 향해 반간계를 펼칠 때 보이는 특징들이었다. 남궁세가의 비선이라면 당연히 머릿속에 숙지하고 있는 특징들.

'누구를 향한 반간계인가?'

상황이 복잡한 만큼 가장 중요한 문제였다. 단순히 남

궁세가의 비선으로 움직이는 것이라면, 그 대상은 당연히 남궁세가가 될 터였다. 하지만 지금 청관 자신은 남궁세가에서 오기는 했지만 오왕부와 섭문경의 간자로 움직이고 있었다. 그러니 그 대상이 아주 중요했다. 하지만 한편으로는 불분명했던 한 가지가 명확해지는 계기가 되기도 할 터였다.

'남궁세가를 향한 것이라면 오왕부는 적으로 결론 내릴 수 있을 터. 그게 아니라면 손을 잡을 수도 있는 상대.'

거기까지 생각한 청관이 한층 걱정스러운 표정으로 대답했다.

"소인을 믿어 주시는 것은 감사합니다만, 제가 거기에 부응할 수 있을는지요? 아시다시피 제가 특별히 잘하는 일이 있는 건 아닌지라……."

"걱정 말게. 입과 행동이 무거운 사람이라면 누구든 할 수 있는 일일세. 문제는 얼마나 믿을 수 있느냐 하는 거지. 즉, 지금 내가 이런 말을 하는 것은 그만큼 자네를 믿는다는 말일세."

바로 대답할 필요는 없었다. 이럴 때는 오히려 약간 시간을 두고 조심스러운 태도를 보이는 쪽이 좋았다. 그 편이 상대방으로 하여금 자신들의 계책이 먹혀들었다고 여기게 유도할 수 있는 방법이었다.

청관은 불안하고 흔들리는 표정으로 한참을 고민하는 모습을 보인 후에야 힘겹게 고개를 끄덕였다.

"좌호법께서 저를 믿어 주시니, 그저 감읍할 따름입니다."

"허허, 시원시원해서 좋구먼."

소탈한 웃음을 터트린 송제원이 크게 고개를 끄덕인 후 옆자리의 방노삼을 향해 말했다.

"말씀하시지요."

방노삼이 고개를 끄덕이며 청관에게 말했다.

"새롭게 내 소개를 하나 더 하지. 나는 본 방의 은호법을 맡고 있다네."

"은호법이요?"

"이름 그대로, 숨어 있는 호법이라는 말일세. 우리 방의 은밀한 일들은 모두 나를 통해 이루어지는 셈이지."

"은밀한 일들이요?"

청관이 짐짓 놀란 표정으로 물었다.

"허허, 뭘 그리 놀라나? 무림에 적을 두고 있는 세력이라면 당연한 일인 것을."

"그렇군요."

"그런데 이번에 이래저래 곤란한 일들이 생겨 사람이 더 필요하게 되었네."

"하지만 저는 무공도 모르고, 그런 일에 대해서는 경험도 없는데 어찌 저를……."

"어허, 아까도 말하지 않았나? 무공이나 경험이 아니라, 믿을 수 있는 사람이 필요하다고."

"아, 예. 제가 잠시 깜빡했습니다. 그렇다면 제가 해야 할 일이 무엇입니까?"

대략 분위기를 이끈 청관이 곧장 핵심으로 들어갔다. 그리고 방노삼이 기다렸다는 듯 입을 열었다.

"은밀하게 옮길 물건이 있네."

"물건이라 하심은……."

"그것까지는 자네가 알 필요 없네. 그저 남의 눈에 띄면 좀 곤란해지는 물건이라는 정도만 알고 있게."

용산방의 비밀에 한 발 걸치게 되었으니 이제 마음대로 몸을 뺄 수 없다느니, 항상 감시하는 눈이 있다느니 하는 진부한 이야기를 할 필요는 없었다. 어차피 서로가 서로를 어느 정도 파악하고 들어가는 이야기였으니.

잠시 말을 끊은 방노삼이 이야기를 이었다.

"아무튼, 얼마 전 처주무련 놈들이 영녕강 물길에 절왜관이라는 것을 만들어 세금을 걷고 있다는 건 알고 있겠지?"

"물론입니다. 그 덕에 왜구들이 보이지 않아 살기가 좋아졌다고들 하더군요."

아무것도 모른다는 듯 툭 던지는 청관의 말에 순간적으로 방노삼과 송제원의 인상이 일그러졌다.

청관은 그 찰나의 변화를 놓치지 않았다. 이렇게 무의식적으로 나오는 반응은 일부러 꾸밀 수 없는 법이었다.

'처주무련을 향한 분명한 적대감.'

그리고 이것은 청관에게 또 한 가지 사실을 잡아낼 수 있게 해 주었다.

'반간계는 남궁세가가 아닌 처주무련이나 섭 우참정, 혹은 오왕부를 향한 것이라고 봐야겠군. 그렇다는 것은 내가 남궁세가 사람이라는 사실을 모른다는 결론도 가능한데?'

하지만 그 어떤 것도 확신할 수는 없는 상황이었다.

그사이, 방노삼이 말을 이었다.

"하지만 우리 입장에서는 아주 곤란한 일이란 말일세. 그래서 예전에는 물길로 옮기던 물건을 이제는 육로로 옮기게 되었단 말이야."

"그렇군요."

"그리고 거기에서 문제가 생겼다네. 여기 처주부에서 육로로 물자를 옮긴다는 건 이상하게 보일 여지가 많은 일이지 않나. 그러니 물길로 옮길 때는 한 번에 많은 양을 옮겼지만, 육로를 이용할 때는 사람들 눈을 피하기 위해

적은 양을 나눠 옮기지 않으면 안 되게 되었다네."

"예……."

청관이 말끝을 흐리는 척하며 궁금증 어린 표정을 지어 보였다. 그런데 왜 자신이 필요해졌냐는 의문이었다.

"물건을 보내는 우리도 그렇지만, 받는 쪽 역시 사람들의 눈을 피해야 한다네. 그러니 상황에 따라 장소가 수시로 바뀐단 말이야. 그리고 그 장소는 흑화를 이용해 알려 준다네."

"흑화라는 게 무엇입니까?"

당연히 알지만 모르는 척 물었다.

"쉽게 말하면, 우리끼리만 알고 있는 비밀스러운 대화나 글자를 말하는 걸세. 그리고 그 흑화 때문에 자네가 필요한 거지. 글을 알고 머리가 명석해 흑화를 단번에 이해하고 반응할 수 있어야 하는 동시에 믿을 수 있는 사람. 예전에는 한꺼번에 옮기니 몇 명만 있으면 되었지만, 지금은 조금씩 나누게 되는 바람에 여러 명 필요하게 된 거야. 자네 외에 따로 부른 사람이 몇 명 더 있다네. 가르치면 될 일이기는 하지만 시간이 없어서 말이야."

"그런 사정이 있는 것이군요."

청관이 이해했다는 듯 고개를 끄덕였다. 하지만 사실은 쉬이 납득하기 힘든 이야기였다. 시간이 없다는 이유를 들기는 했지만, 그래도 갑자기 새로 사람을 들이는 이유로는 충분치 않았기 때문이다. 하지만 굳이 거기에 토를 달 필요는 없었다.

이는 그냥 서로가 납득한 척하기 위해 나누는 형식적인 대화이기 때문이었다.

"보름 후에 출발할 걸세. 자네가 맡고 있던 일은 다른 사람을 앉힐 테니, 자네는 그때까지 흑화를 익히고 먼 길 떠날 준비를 하게."

"알겠습니다."

고개를 숙이는 청관의 입가에 저도 모르게 실소가 걸렸다. 방금 전 시간이 없다고 말해 놓고 보름 후에 출발한다니. 앞뒤가 맞지 않는 이야기였다. 얼른 가서 이 정보를 전해 주라고 말하는 것이나 다름없었다. 즉, 저들이 반간계를 쓰고 있다는 결정적인 이유였다.

그런 청관의 속을 아는지 모르는지 방노삼이 말했다.

"그럼 내 자네만 믿고 있겠네."

"걱정 마십시오. 열심히 하겠습니다."

대답을 하는 청관의 머릿속에 많은 생각들이 스쳤다.

'오늘부터 바빠지겠군.'

기본 전제는 지금 말한 육로를 통한 운반이 반간계를 위한 포석이라는 것이다. 용산방은 육로로 물건을 운반한다는 정보를 청관을 통해서 흘리고, 실제로는 다른 함정을 준비하고 있다는 뜻.

그러니 청관은 한시라도 빨리 용산방의 진짜 속셈을 알아내야 했다.

"용산방도 어지간히 급했던 모양이군요."

"그런 듯하네."

처주부 부도에 자리 잡은 담씨세가 장원인 담평장의 객청 안에서 담기령과 구지섬이 이야기를 나누고 있었다. 그리고 두 사람 사이에 놓인 탁자에는 한 통의 서신이 놓여 있었다.

"하지만 이렇게 빤히 드러내 놓고 반간계라니."

서신은 청관이 섭문경에게 보낸 것이었다. 그 서신을 구지섬이 받아 들고 직접 처주부 부도로 온 것이었다.

담기령이 탁자에 놓인 서신을 집어 들고 그 내용을 다시 한 번 천천히 읽어 내렸다.

용산방 측에서 육로로 유황을 옮긴다는 정보를 흘렸는데, 그 정보가 함정이라는 내용이었다. 그렇게 흘린 정보의 지역으로 처주무련이 움직이면, 그사이 용산방은 담씨세가의 본가를 칠 생각이며 그에 따른 전력 이동이 확인되었다고 했다.

"시간은 며칠이나 여유가 있습니까?"

"섭 우참정이 서신을 받는 데 이틀, 정보가 사실인지 파악하는 데 하루, 그리고 내가 관선을 타고 오기는 했지만 거리가 거리인 만큼 또 이틀이 걸렸으니 이제 열흘 정도 남았구먼. 아, 아니지. 그전에 용산방에 잠입한 간자가 이 계략의 실체를 파악하는 데 다시 이틀이 더 걸렸으니, 이레 남았네."

"이레라…… 오왕부에서 움직이는 데는 시간이 빠듯하고, 처주무련의 전력만으로 움직여야겠군요. 처주무련만 움직인다 해도 소식을 전하고, 나설 준비를 하고, 이동까지 생각한다면 이레도 아주 빠듯합니다."

"전서구를 보낼까 했지만, 오왕부에서도 조금이라도 힘을 실어 주는 것이 좋을 듯해서 세가의 전력을 이끌고 오느라 하루 정도를 허비한 셈이긴 하군."

"빠듯하기는 해도 대지 못할 시간은 아니니 괜찮습니다. 그보다는 제가 볼 때는……."

담기령이 말끝을 흐리며 턱을 쓰다듬었다. 그러면서 애매한 표정으로 고개를 갸웃거렸다.

"왜 그러나?"

"여기에 반응을 해야 할까요?"

"무슨 말인가? 반간계라는 것을 알고 있으니 그 정보를 역으로 이용하면 용산방은 물론, 그 배후까지 옭아맬 결정적인 증거를 잡을 수도 있는 기회가 아닌가."

"그렇기는 합니다만……."

"왜 그러는지 이유를 말해 보게."

"어차피 용산방 총타를 치기로 결정을 하고 그에 따른 준비를 하고 있지 않았습니까? 그런데 갑자기 그 계획을 바꾸는 게 왠지 꺼림칙하군요."

담기령이 세가의 가주에 오르던 날, 섭문경이 담씨세가를 직접 방문해 용산방에 대한 이야기를 나누었다. 그리고 그때의 결론은, 용산방을 직접 치는 것이었다.

그리고 처주무련은 그에 대한 준비를 하는 중이었다. 그런 때에 용산방이 먼저 움직였다. 상황을 주도하는 것이 아니라, 적에게 끌려가는 것이 담기령으로서는 달갑지 않은 느낌이 들었던 것이다.

"흐음……."

담기령의 말에도 일리가 있기에 구지섭도 쉬이 뭐라고 말을 꺼내지 못했다.

"전하께서는 어찌 생각하십니까?"

"갑작스럽기는 해도 기회가 왔으니 놓치지 않았으면 좋겠다고 하시더군."

"용산방에 들어간 간자는 이제 믿어도 된다고 판단한

셈이 되는군요."

"보내온 정보가 정확하고, 의심을 할 만한 정황이 없으니 그럴 수밖에."

구지섬이 어느 정도 확신을 한 듯 말했지만, 담기령은 여전히 결정을 하기 힘든 듯 표정을 풀지 않았다. 그 모습을 살피던 구지섬이 결정을 재촉했다.

"단순히 거슬리는 정도가 아닌 모양이구면. 어서 말해 보게. 뭐가 그리 거슬리는지 말이야."

그제야 담기령이 고개를 저으며 입을 열었다.

"아닙니다. 이 정도면 움직이지 않을 이유가 없지요. 일단 저들이 제 계략을 들키지 않았다고 느끼도록 이쪽의 움직임을 보여 줄 필요가 있겠군요. 그래야만 놈들이 용천현의 본가를 공격할 테니까요. 일단은 련의 각 방파로 소식을 전하고 준비하도록 하겠습니다."

"역시 그렇게 하는 게 좋겠지?"

"예."

"그럼 나도 준비를 하도록 하겠네."

구지섬이 자리에서 일어서고, 뒤이어 담기령이 몸을 일으켰다. 하지만 담기령은 일어서기만 할 뿐, 움직이지는 않은 채 구지섬을 향해 말했다.

"그럼 준비를 해 주십시오. 저는 전서구를 띄우도록 하겠습니다."

"알겠네."

구지섬이 고개를 끄덕이며 객청을 나섰다.

담기령은 다시 자리에 앉아 탁자 위에 놓인 서신을 집어 들었다. 그런 그의 얼굴에는 한층 고민스러운 표정이 떠올라 있었다.

5장
남궁청관의 실수

"후우!"

길게, 그리고 깊게 반복되는 들숨과 날숨에 따라 격하게 오르내리던 어깨가 천천히 가라앉았다. 그렇게 호흡이 진정되면서 손에 쥐어져 있던 연검의 낭창거리는 검신 또한 떨림을 멈추었다.

하지만 검신을 따라 흐르던 붉은 선혈은 여전히 쉬지 않고 뚝뚝 바닥으로 떨어져 내렸다.

그렇게 떨어지던 핏방울이 잦아질 무렵, 청관의 호흡도 완전히 안정을 찾았다.

하지만 가라앉은 호흡이나 평정을 되찾은 얼굴과는 달

리 청관, 아니, 남궁청관의 몰골은 그리 단정하지가 않았다. 옷은 곳곳이 찢어져 넝마나 다름없고, 찢어진 옷 틈으로 보이는 크고 작은 상처들과 온몸을 붉게 물들이고 있는 피와 흙먼지로 엉망인 상태였다. 그리고 그런 남궁청관의 주변에는 이십여 구의 시체들이 널브러져 있었다.

방금 전 치른 격렬한 전투의 흔적이었다.

그래도 온몸을 가득 덮고 있는 크고 작은 상처들 중 아주 위중한 수준의 것은 없는 덕에 남궁청관은 약간은 여유로운 모습이었다.

몸의 긴장과 호흡이 완전히 가라앉은 남궁청관이 연검을 들어 느릿하게 검신의 피를 닦아 냈다. 그리고 천천히 연검을 허리에 감은 후, 요대로 연검을 가렸다.

그때, 널브러져 있던 시체들 틈에서 가느다란 목소리가 새어 나왔다.

"크윽, 흔히 볼 수 있는 쥐새끼의 실력이 아니구나. 도대체 어디서 너 같은 놈이……."

남궁청관의 시선이 힐끗 소리가 들린 쪽으로 향했다. 방금 전 전투에서 남궁청관을 가장 애먹인 방노삼이었다. 아직 죽지는 않았지만 눈동자의 빛이 꺼져 가는 모양새가, 이미 생명이 다한 상태였다.

남궁청관이 별다른 고민 없이 나지막한 목소리로 말했다.

"남궁세가."

"나, 남궁? 쿨럭, 쿨럭! 도대체 남궁세가 같은 곳에서 왜!"

꺼져 가던 방노삼의 두 눈에 경악의 빛이 스쳤다. 격하게 피를 토하면서도 두 눈은 남궁청관에게 고정된 채 떨어질 줄을 몰랐다.

남궁세가에서 용산방을 주시하다니. 그만큼 놀라운 이야기인 탓이다. 게다가 남궁세가가 섭문경과 손을 잡은 상황 또한 놀랍기 짝이 없는 일이었다.

하지만 남궁청관은 거기까지는 대답해 줄 생각이 없는 듯, 시큰둥한 목소리로 다른 말을 꺼냈다.

"이곳에서 내가 검을 빼 들었다는 걸 보면 알겠지만, 네놈들의 반간계 또한 아무런 소용이 없다. 지금쯤 담씨세가를 공격하러 간 놈들 또한 매복에 당했을 게다."

순간, 방노삼이 얼굴을 잔뜩 찡그렸다. 하지만 그 후의 반응은 남궁청관의 생각과는 전혀 달랐다.

"다, 담씨세가? 크, 크하하하! 킥, 쿨럭쿨럭! 담씨세가라니, 크흐흐흐! 남궁세가의 비선도 그리 대단하지는 않구나!"

예상치 못한 반응은 당연히 남궁청관에게 당혹감을 불러일으켰다.

"무슨?"

"우리가 반간계를 짜면서 그렇게 단순하게 일을 꾸밀 줄 알았느냐?"

당황한 남궁청관이 사나운 기세로 방노삼의 목을 움켜쥐었다.

"그게 무슨 소리냐!"

"크흐흐, 매복이라고? 매복하고 있는 담가 놈들이 뭔가 이상하다고 느낄 쯤이면, 아마 모든 일이 끝나 있을 것이다."

"말해라! 무슨 소리냐!"

남궁청관이 버럭 소리를 지르자, 방노삼이 조소 가득한 눈빛으로 남궁청관을 쳐다보았다. 그리고 한쪽 입꼬리를 말아 올리며 말했다.

"이미 늦었다. 네놈이 할 수 있는 일이 없으니까."

"말하라고!"

방노삼의 목을 쥔 남궁청관의 손에 불끈 힘이 들어갔다.

"끄윽! 저, 절왜관……."

채 말을 맺기도 전에 방노삼의 숨이 멈췄다.

"제길!"

움켜쥐고 있던 방노삼을 내팽개친 남궁청관이 벌떡 몸을 일으켰다.

그런 그의 얼굴에는 곤혹스러운 표정이 떠올라 있었다. 남궁세가 내에서도 촉망받는 인재인 그가 어디에 박혀 있는지도 몰랐던 소규모 방파의 반간계에 보기 좋게 당했으니 당연한 일이었다.

"이, 이런!"

용산방의 진짜 목적이 담씨세가의 본가라는 것을 알았을 때 머릿속을 스쳤던 불길함이 이렇게 잘 맞아떨어질 줄이야. 그렇지 않아도 처주무련의 상징인 동시에 핵심인 절왜관을 두고 담씨세가를 노리는 것에 대해 조금은 의아해했다. 하지만 한편으로는 그것이 오히려 의표를 노리는 것이기에 그럴 수도 있다는 생각을 했다.

하지만 그 안일한 생각이 이런 결과를 불러일으킨 것이었다.

"크윽!"

신음 같은 비명이 새어 나왔다. 하지만 지금은 생각을 할 때가 아니라 움직여야 할 때였다. 그리고 남궁청관의 신형이 흐릿한 잔상을 남기며 그 자리에서 사라졌다.

'절왜관이라니!'

방노삼의 말대로 이제 와서 어찌할 수 있는 것은 없었다. 하지만 그렇다고 넋 놓고 가만히 있을 수는 없는 노릇. 늦었지만 어쨌든 진실을 알리는 것이 우선이었다.

"괜찮겠지?"

"물론입니다."

물은 이는 용산방 외당 당주 황자군이었다. 그리고 대답한 이는 용산방 호법원 소속으로, 송제원의 심복인 유홍산이었다.

유홍산이 설명을 덧붙였다.

"그 간자 놈은 아무것도 모른 채 방 노야를 따라나섰고, 처주무련 놈들은 지금 용천현에 모여서 우리가 오기만을 기다릴 겁니다."

"확인은?"

"구 의위정이 구씨세가 무인들을 이끌고 움직이는 모습까지 확인을 했습니다."

"구씨세가라…… 그렇다면 담씨세가 놈들은?"

"물론 확인을 했지요. 용천무관은 내부를 단속하고, 담씨세가의 본가인 담가숭택으로 오르는 길 주변에 담가의 무인들이 몸을 숨기고 있습니다."

"그럼 절왜관은?"

"예. 평소 수준의 전력이 상주하고 있을 뿐, 별다른 변화는 보이지 않습니다. 지금 움직이면 충분히 우리의 계획대로 일이 흘러갈 겁니다."

"좋군."

황자군이 만족스러운 얼굴로 고개를 끄덕였다. 그리고 출발 전 가주와 송제원으로부터 들은 계획을 머릿속으로 다시 한 번 정리했다.

반간계를 통해 처주무련 놈들의 신경을 용천현으로 모은 후, 용산방은 절왜관을 치는 것이 첫 번째 단계. 인근에 몸을 숨기고 있는 선평현 왕유기 지현이 관졸들을 이끌고 절왜관으로 들이닥치는 것이 두 번째였다.

그리고 용산방이 절왜관 창고 깊은 곳에서 숨겨져 있었다며 유황을 들이미는 것이 세 번째이고, 왕유기 지현이 그 사실을 처주부 부청에 보고하는 것이 네 번째.

그렇게 처주무련을 뒤흔든 후, 처주부청이 제대로 된 조사를 하기 전에 처주무련 소속 방파들을 각개격파하는 것으로 전체적인 계획이 마무리되는 것이었다.

그리고 이제 그 첫 단계를 시작하는 일만 남은 상황이었다.

"언제 움직이는 게 좋겠나?"

"지금 명도문의 상황을 살피는 중입니다."

"명도문은 이미 봉문이나 다름없지 않은가. 굳이 신경 쓸 필요가 있겠나?"

"물론 지금의 명도문은 절왜관의 전력에 아무런 도움이 되지 못합니다."

"그럼 왜?"

"하지만 왕유기 지현이 움직이기 전에 청전현 지현을 먼저 움직일 가능성이 있습니다. 그럴 경우, 우리의 계획이 꼬일 수도 있습니다. 그러니 반드시 미리 확인하라고 송 호법께서 당부를 하셨습니다."

"그렇긴 하겠군."

황자군이 천천히 고개를 끄덕였다. 처주무련에 우호적인 청전현의 지현이 먼저 움직인다면, 자신들이 유황을 증거로 들이밀어도 먹혀들지 않을 가능성이 있었다.

"그럼 그쪽도 아예 봉쇄시켜 놓으려는 건가?"

유홍산이 고개를 가로저으며 말했다.

"저희도 그 정도로 전력에 여유가 있는 편은 아닙니다. 일단 명도문에서 밖으로 나오는 이들만 감시하는 정도로 조치를 취해 놓았습니다."

"알겠네."

"소가주님."

나지막한 목소리로 입을 연 이는 구씨세가 진천향 향주 구명렬이었다. 구지섬이 한껏 목소리를 낮춰 물었다.

"왜 그러나?"

"이거…… 괜찮겠습니까?"

그런 구명렬을 향해 구지섬이 조금은 뜬금없는 질문을 던졌다.

"불만스러운 모양이군."

구명렬이 깜짝 놀란 표정으로 황급히 고개를 저었다.

"제가 어찌 감히 소가주님의 결정에 불만을 품겠습니까?"

"하지만 자네 표정은 그렇지가 않은데?"

실제로 방금 전까지 구명렬의 얼굴에는 불만스러운 표정이 은연중 떠올라 있었다.

"저, 절대 그렇지 않습니다."

구명렬이 다시 한 번 고개를 저었지만, 구지섬은 괜찮다는 듯 피식 웃으며 말했다.

"우리가 담씨세가를 지키기 위해 위험을 감수해야 한다는 사실이 불만스러운 모양이지?"

"그, 그것이!"

지금 구지섬과 구씨세가 진천향 무인들은 담씨세가의

장원인 담가숭택으로 오르는 대로 옆의 비탈 너머에 몸을 숨기고 있는 중이었다.

용산방에서 담가숭택을 직접 노린다는 정보를 받고 그에 대비하는 것이었다. 그리고 구명렬은 항주도 아닌 지방의 작은 세가 하나를 위해 자신들이 나선다는 사실이 꽤나 불만스러웠던 것이다.

물론 그렇다고 말을 할 수는 없는 일이었다. 소가주의 결정에 자신이 불만을 드러낼 수는 없지 않은가.

"저, 절대 그렇지 않습니다."

"괜찮네. 그리고 걱정하지 말게. 담 가주의 생각이 빗나가지는 않을 것 같으니 말이야."

"예."

구명렬이 과장스레 고개를 끄덕이며 대답했다. 하지만 그의 얼굴 한 켠에는 여전히 불안과 불만스러움이 가시지 않고 있었다.

구지섬은 구명렬의 그런 감정을 눈치채고 있었지만, 더 이상은 말을 꺼내지 않았다. 괜히 그런 얘기를 들춰내서 구명렬이 죄스러운 기분을 느끼게 할 필요는 없기 때문이었다.

"아무튼 식솔들을 다독여 조용히 기다리기만 하게."

"예, 소가주님."

'이럴 니미럴!'

평생 입에 담아 본 적도 없는 욕이 절로 튀어나왔다.

시야에 담긴 풍경들이 어마어마한 속도로 스쳐 지나갔
다. 시야 안으로 불쑥불쑥 넝쿨과 나뭇가지들이 덮쳐 들
어오고, 험한 산비탈의 돌부리들이 수시로 발을 걸어 넘
겼다. 긁히고 찍힌 상처가 온몸에 가득했다.

하지만 남궁청관은 아랑곳하지 않고 길도 없는 산비탈
을 미친 듯이 내달렸다.

'이따위 얕은 수에 걸려들다니!'

말도 안 되는 일이었다. 세가 내에서도 타고난 재능
으로 빠르게 능력을 인정받은 그였다. 머지않아 남궁세
가 비선을 책임질 사내라는 말에 그 누구도 토를 달지
않았다. 그런 그가 용산방이라는, 오기 전에는 이름도
한 번 들어 본 적 없는 작은 방파의 얕은 수에 걸려든
것이다.

"크흑, 큭!"

가쁜 숨소리가 신음처럼 새어 나왔다. 더 이상 경공을
펼칠 공력이 남아 있지 않아 오로지 몸의 근력에만 의지
해서 산길을 내달리고 있었다.

입에서 단내가 풍기고 폐가 터져 나갈 듯 아파 왔다.

하지만 그래도 남궁청관은 달렸다. 물론 이미 실수를 바로잡을 수 없다는 것은 알고 있었다. 그래도 그는 달렸다.

까드드득!

생각하는 것만으로도 이가 부득부득 갈렸다.

'이 육시럴 놈들이!'

만약 이 일이 잘못된다면 담씨세가나 오왕부는 돌이킬 수 없을 정도로 큰 타격을 입을 수밖에 없었다. 그리고 그것은 어쩌면 든든한 아군이 될 가능성이 큰 오왕부를 자신의 손으로 함정으로 밀어 넣는 격이 되는 일이었다. 그것이 이번 실수의 가장 뼈아픈 점이었다.

'오왕부나 섭 우참정이 허점을 파악하고 잘 대처하면 좋으련만!'

머릿속으로 그런 생각을 떠올랐다. 하지만 그런 상황이 되기 위한 전제는, 자신의 정보에 신뢰가 없다는 의미였다. 말이 되지 않는 상황이다.

"음?"

그러다 문득 한 가지 생각이 뇌리를 스쳤다.

'이왕 일이 틀어졌으니……'

남궁청관은 깊이 숨을 들이마셨다. 생각을 정리하기 위해서는 열이 오를 대로 오른 머릿속을 식히는 것이 우선이었다.

"후우!"

얼마나 숨이 차올랐는지, 좀처럼 호흡이 가라앉지를 않았다. 하지만 애써 숨을 고르며 머릿속으로는 애써 생각을 정리했다.

용산방의 반간계에 걸려든 순간, 이미 일은 틀어진 거나 마찬가지였다. 수습하기에는 이미 늦었다. 그러니 지금 할 수 있는 것은, 남궁청관 자신만의 방법으로 어떻게든 마무리하는 것밖에 없었다.

'지금 그 열쇠를 가진 놈은······.'

지금 사태 수습의 단초를 제공할 사람은 단 한 사람밖에 없었다.

남궁청관은 멈춰 서서 하늘을 쳐다보며 방위를 가늠했다. 그리고 곧장 방향을 틀었다.

'이첨산.'

섭문경이나 오왕부, 그리고 처주무련은 어디까지나 조력자가 될 가능성이 있는 자들일 뿐, 아직은 아군이 아니었다. 그러니 혹여나 그들을 놓치게 되는 과오를 저지르더라도 다른 공으로 그것을 덮을 수가 있었다. 바로 용산방 이첨산을 붙잡아 유황 사건의 본질에 접근하는 것이었다.

그러니 지금 그가 가야 할 곳은 선평현에 자리한 용산

방 총타였다.

쪼르르!

짙은 향을 간직한 투명한 술이 맑은 소리를 내며 잔에
담겼다. 술잔은 두 개. 이첨산은 두 개의 잔을 향긋한 술
로 가득 채운 후, 그중 하나를 마주 앉은 송제원에게 내밀
었다.

"맛 좀 보게. 산서에서 가져온 귀한 백주일세."

"감사합니다."

송제원이 두 손으로 잔을 높이 들어 인사를 하고는 조
심스레 잔을 기울였다.

술이라기보다는 차향에 가까운 향긋함이 입안에 한가득
담겼다. 짙으면서도 맑은 향에 저절로 기분이 좋아지는
것이, 마시기도 전에 이미 취하는 듯한 기분이다.

"과연 명주입니다."

"하하, 그런가? 어디 한 번…… 하아!"

조심스레 잔을 기울인 이첨산이 환한 얼굴로 탄성을 터
트렸다. 이 정도 명주는 자신도 처음 맛보는 참이었다.

"하하, 용산방의 비상을 축하하는 데 더없이 어울리는
술이로구먼."

"그렇습니다, 방주님."

연이어 술잔이 채워지고, 두 사람은 느리지도 빠르지도
않게 술잔을 기울이며 이야기를 이었다.

"흐흐, 도주께서 자네를 나에게 보내 주신 건 정말 내
가 운이 좋았다고밖에 할 수 없는 일일세. 자네가 있기에
용산방은 정말 든든하이."

"과찬이십니다. 이게 다 방주님의 뛰어난 영도력 덕분
이지요."

"크하하하, 이 사람! 낯 부끄럽게 무슨 그런 말을 하는
가!"

취기가 오른 탓인지, 주거니 받거니 칭찬을 건네며 환
하게 웃는다.

그러다 이첨산이 갑자기 목소리를 한껏 낮추며 물었다.

"그런데…… 윗선에서는 아무 말도 없나?"

"무슨 말을 말씀하시는 건지요?"

"이제 슬슬 도주님의 원대한 계획을 실행에 옮기실 때
가 되지 않았느냐 말이야."

이첨산의 말에 송제원이 주변을 살피며 목소리를 낮췄
다.

"방주님, 그 이야기는 입에 담으시면 안 됩니다."

하지만 한껏 취기가 오른 탓인지 이첨산은 송제원의 뜻
을 따라 주지 않았다.

"어허, 사람이 그리 겁이 많아서야! 자네도 생각해 보게. 이제는 더 이상 눈치를 보지 않을 정도가 되지 않았느 냔 말이야. 아직까지 이리 조심스러워 할 필요가…… 헛!"

주절주절 말을 늘어놓던 이첨산이 깜짝 놀란 표정으로 황급히 입을 닫았다. 갑작스레 날아든 살기 탓이었다. 전 신을 난도질할 듯 날카로우면서도 짙은 살기.

바로 송제원의 몸에서 뿜어져 나온 기운이었다.

재빨리 정신을 수습한 이첨산이 손사래를 치며 말했다.

"허허, 진정하게. 오늘 술맛이 하도 좋아 내 잠시 실수 를 했네."

그제야 송제원도 살기를 거두어들였다.

"아닙니다. 저도 결례를 범했습니다. 방주님께서는 항 상 멈춰야 하는 순간을 아시니 괜찮습니다."

다시 원래의 관계로 돌아왔지만, 더 이상 술잔을 나눌 만한 분위기는 아니었다. 이첨산은 괜스레 술병을 흔들며 남은 술이 얼마나 되는지 가늠하는 척을 하다 슬며시 술 병을 내려놓고 지나가는 듯한 말투로 말했다.

"지금쯤이면 시작을 했겠군."

"예, 그럴 것 같습니다."

평소의 목소리로 말을 받아 주는 송제원의 반응에 힘입

어 이첨산이 과장스러운 목소리로 외쳤다.

"크하하하! 기고만장하던 담가 놈들 얼굴이 허옇게 뜰 걸 생각하니 속이 다 후련하구먼! 그 꼴을 직접 못 본다는 게 안타까울 뿐이야."

송제원이 옅은 미소를 지으며 말했다.

"원래 영도자는 가벼이 움직이지 않는 법입니다."

"허허, 그야 그렇지. 자, 한 잔 받겠는가?"

"감사합니다."

슬쩍 분위기가 풀어진 핑계로 다시 술잔이 채워졌다.

절왜관은 영녕강 물길을 막기 위해 만들어진 수상 관문으로, 물길을 가로지르는 일종의 문을 만들어 놓은 형태였다.

강 양쪽 뭍에 서로 마주 보도록 거대한 도르래를 견고하게 박아 놓았다. 그리고 그 두 개의 도르래에 굵은 쇠사슬을 감아 강물을 가로지르게 하고, 그 쇠사슬에 큰 배들을 고정시켜 놓았다. 그렇게 강물을 가로지르는 배의 대열이 모두 세 줄.

배가 통과해야 할 때는 한가운데 배들 사이의 쇠사슬을 풀어 길을 열어 주는 방식으로 고안되어 있었다.

그 외에 다가오는 왜구들을 막기 위해 뭍 쪽에 몸을 숨기고 활을 쏠 수 있는 장소를 만들어 놓았다.

그리고 도르래를 감싸는 형태로 지어진 두 개의 장원이 강을 사이에 두고 마주 보고 있었다.

한데 그 절왜관에 난데없이 요란한 소음이 퍼지고 있었다.

둥둥둥둥!

삐이이이익!

다급한 북소리와 요란한 피리 소리가 사방으로 울려 퍼졌다. 물길을 막고 있는 배들의 갑판, 도르래와 활을 쏘기 위한 엄폐물 사이사이로 일사불란하게 움직이는 무인들의 모습이 보였다.

그리고 저 멀리 하류 쪽에서 모습을 드러낸 한 척의 안택선. 갑작스러운 왜구의 등장이었다.

하지만 절왜관 안에서 움직이는 무인들의 얼굴에는 일절 당황한 기색이 보이지 않았다. 굳은 표정으로 제 위치를 향해 달리며 곧장 전투를 준비한다.

얼마 전까지 절왜관 관주로 있던 담기령의 혹독한 훈련과 지난가을 숱하게 겪은 실전 덕에 정예 중의 정예로 단련된 덕분이었다.

물길을 막고 있는 갑판 위와 좌우의 강변에는 무인들이 시위에 화살을 걸고 다가오는 안택선을 노려보고 있었다.

선미 쪽에서는 수공(水功)에 능한 무인들이 물로 뛰어들 준비를 하고 있었다. 물속으로 이동해 왜구들의 배 밑바닥을 부숴 침몰시키기는 것이 그들의 주된 임무였다. 지난가을 왜구들을 물리치는 데 가장 많은 공을 세운 잠룡대 무인들로, 절왜관 전력의 핵심이며 왜구들 사이에서는 수귀(水鬼)라 불리는 경원의 대상이었다.

요란하게 울리던 피리 소리와 북소리가 잦아들고 강 위에는 영녕강의 물소리만이 울려 퍼졌다. 북소리는 왜구가 나타났다는 것을 알리는 소리였고, 피리 소리는 절왜관 무인들이 그것을 인지하고 자기 자리로 향하고 있다는 신호였다.

무인들은 제자리에 위치하면 피리를 불지 않도록 훈련되어 있었다. 즉, 피리 소리가 멈췄다는 것은 절왜관 무인들이 모두 제자리로 들어갔다는 뜻이었다. 그리고 모든 피리 소리가 멈추면 북도 더 이상 두드리지 않는 것으로 전투 준비를 모두 마쳤다는 신호가 되는 것이다.

"후우!"

담기령이 처주무련의 련주로 오르면서 새로이 절왜관주가 된 진수명이 긴장된 얼굴로 깊이 호흡을 들이마셨다. 이번 일은 새 관주로서 처음 맞이하는 상황이었다. 이럴 때 자신의 능력을 제대로 보여야만 앞으로도 절왜관을 이끄는 것이 수월해질 터였다.

그때, 무거운 긴장이 내리누르고 있던 절왜관 위로 당혹스러운 분위기가 퍼져 나갔다. 세찬 기세로 다가오던 안택선이 갑자기 멈춰 선 탓이었다. 화살이 닿을 수 있는 거리를 아슬아슬하게 벗어난 위치.

당혹감이 지나간 자리에는 더욱 더 팽팽한 긴장감이 퍼져 나갔다. 예상치 못한 움직임을 보인다는 것은, 뭔가 숨겨 둔 수가 있다는 뜻이니 더욱더 긴장할 수밖에.

'먼저 움직여야 하나?'

진수명의 두 눈에 갈등의 빛이 스쳤다. 갑판 뒤쪽에 준비하고 있는 잠룡대를 먼저 보내 상황을 파악해야 할지, 아니면 안택선의 움직임을 기다려야 할지 선택해야 하는 상황.

안택선을 노려보던 진수명의 시선이 강 좌우의 절왜관 장원을 살핀 후, 다시 안택선을 노려보았다.

'일단은 대기한다.'

"괜찮군."

긴장감 넘치는 절왜관의 상황을 살피는 황자군의 눈에 만족스러운 미소가 번졌다.

멈춰 선 안택선은 바로 용산방에서 움직인 배였다. 배

162

안에는 배를 움직이는 데 필요한 선부들만이 있을 뿐, 왜구들은 한 명도 없었다. 절왜관의 시선을 안택선에 쏠리게 만든 후, 자신들은 뭍에서 공격을 감행하는 성동격서의 계획.

물길을 통제하기 위해 건설된 절왜관이다 보니 아무래도 뭍 쪽의 방비는 상대적으로 허술한 면이 있었다. 거기에 안택선을 움직이는 것으로 시선을 끌어 아군의 피해를 최소화하려는 것이었다.

"이제 움직이면 되겠지?"

"예, 가시지요."

유홍산과 짧게 대화를 마친 황자군이 뒤쪽에 몸을 숨기고 있는 백오십의 기마를 향해 시선을 돌렸다.

힘들게 말까지 동원해 움직인 것은 절왜관 뭍 쪽의 유일한 방비를 깨기 위함이었다.

주변에는 민가가 없는데다 사방이 탁 트인 곳에 자리한 절왜관이었다. 뭍에서 다가가게 되면 당연히 절왜관 무인들의 눈에 띌 수밖에 없고, 그 거리를 좁히는 사이에 방비를 할 수 있었다.

그 방비의 시간을 최소화하기 위해 번거로움을 무릅쓰면서 안택선을 동원하고 말을 구한 것이었다.

"직선으로 최대한 빨리 도착해 일거에 절왜관을 장악한

다. 각 향주들은 자신들이 맡은 위치로 최대한 신속하게 움직이도록 하라!"

"예!"

우렁찬 대답에 고개를 끄덕인 황자군이 재빨리 안장으로 뛰어오르고, 뒤에 있던 백오십 명의 용산방 외당 무인들 역시 재빨리 마상으로 올랐다.

"돌격!"

히이이잉!

황자군의 호령과 동시에 요란한 말 울음소리가 울리며 거센 말발굽 소리가 요동쳤다.

두두두두!

백오십의 기마가 뿌연 먼지를 일으키며 절왜관을 향해 치달았다.

삐이이이익!

동시에 절왜관 쪽에서 한 대의 화살이 높은 비명을 질러 대며 하늘 위로 솟구쳤다. 신호를 보내기 위한 명적.

뭍 방향의 방비가 상대적으로 취약하다는 것은 절왜관에서도 알고 있는 사실이기에, 왜구가 들이닥치면 뭍 쪽 또한 살펴보는 이를 배치해 놓았기 때문이다. 왜구들이 뭍에서의 공격을 감행할 가능성을 염두에 두고 있던 것이다.

물론 그러한 사실에 대해서는 용산방 역시 잘 알고 있는 바였고, 그렇기에 말을 동원한 것이었다.

안택선을 맞이하기 위해 물 쪽으로 자리한 절왜관 무인들이 뭍 쪽으로 자리를 옮기기 전에 절왜관 담장을 넘는 것이 목표였다.

"이대로 돌격하라!"

선두에서 달리는 황자군의 외침이 사방으로 퍼져 나갔다.

삐이이익!

진수명의 시선이 반사적으로 소리가 난 쪽으로 돌아갔다. 한 대의 명적이 하늘로 솟구치며 길게 울음을 터트리고 있었다.

"저쪽인가?"

명적을 쏘아 올린 방향과 수면 위의 안택선을 번갈아 살피는 진수명의 두 눈에 또 한 번 갈등의 빛이 스쳤다. 명적을 쏘아 올렸다는 것은 아주 급하다는 뜻이었다. 하지만 저 멀리 보이는 안택선 또한 신경이 쓰이기는 마찬가지.

진수명은 처음 공사를 시작할 때부터 지금까지 계속 절왜관을 지켜 왔다. 그사이 관주인 담기령을 보며 절감한 것 중 하나가 바로 결단력이었다. 결정을 할 때는 신중하면서도 빠르게, 그리고 과감하게 해야 했다. 혹여 그릇된 결정이라 하더라도 그것을 지키면 그 피해를 최소화할 수 있었다.

물론 지금의 고민은 피해의 최소화가 아니라 선택의 문제에 가까웠다. 수상과 육상의 적 중 어느 쪽을 더 중시할 것인가에 대한 고민. 짧은 고민 끝에 진수명이 결정을 내렸다.

"잠룡대주, 적선이 움직이면 스스로 판단해 움직이시오. 그 외 나머지는 육상을 맡는다. 최대한 신속하게 움직여라!"

삐이이익!

진수명의 말이 끝나기가 무섭게 또 한 대의 명적이 길게 운다. 이번에는 진수명의 옆에서 쏘아 올린 명적으로, 처음 명적이 올라간 방향을 향해 포물선을 그리며 신호를 보내고 있었다.

첫 번째 명적은 육상으로 적이 다가온다는 의미였다. 그리고 두 번째 명적은 화살이 날아간 방향을 향해 다시 위치를 잡으라는 뜻이었다.

절왜관이 왜구들에게 난공불락에 가까운 관문이 될 수 있던 데는 여러 가지 이유가 있었지만, 그중 하나가 바로 간결하면서도 정확한 신호 체계였다.

둥둥둥.

삐익!

처음 안택선이 나타났을 때와 마찬가지로 북소리와 피리 소리가 요란하게 어우러졌다.

육상의 적을 맞이하기 위해 대열을 정비하는 것을 알리는 신호였다.

"서둘러라!"

하늘 높이 솟구치는 명적 소리에 황자군이 공력을 담아 버럭 소리를 질렀다. 어차피 들키지 않으리라는 생각은 하지 않았다. 중요한 것은 얼마나 빠르게 장악을 하느냐의 문제였다.

두두두두!

단단한 말발굽이 더욱 거세게 대지를 두드려 댔다. 저 멀리 보이던 절왜관의 담장이 순식간에 눈앞으로 짓쳐들었다.

삐이이익!

그때, 두 번째 명적이 울렸다. 뒤이어 북소리와 피리 소리가 요란하게 사방으로 퍼져 나갔다. 하지만 그 순간, 황자군을 비롯한 용산방 외당 무인들은 이미 지척에 도착해 있는 상황.

"늦었다!"

버럭 소리를 지르는 동시에 황자군이 그대로 몸을 띄워 올렸다.

안장에서 훌쩍 허공으로 몸을 띄워 올린 황자군의 날카로운 시선이 절왜관 담장 안쪽을 살폈다.

"흡!"

동시에 황자군의 두 눈이 경악으로 물들었다.

"저, 저들은!"

황자군의 시야를 가득 메운 것은 지금 이곳에 있어서는 안 되는 자들. 오와 열을 맞춰 정렬해 있는 관졸들과 그 선두에 선 포쾌와 포두들의 모습. 그리고 관졸들의 뒤쪽에 높은 대에 관복을 갖춰 입은 청전현 지현의 모습이 보였다.

"큭!"

황자군의 판단은 신속했다. 허공에 뜬 상태로 황급히 몸을 뒤틀었다. 힘을 받을 곳이 없다고는 해도, 절정 수준의 무인이라면 허공에서도 방향을 틀어 원하는 곳으로 움직이는 것이 가능했다.

순식간에 내려서는 방향을 뒤집은 황자군이 다급히 외쳤다.

"후, 후퇴! 무조건 몸을 빼라!"

관졸들을 상대하는 것은 어려운 것이 아니었다. 하지만 관졸들은 물론, 지현까지 이곳에 있는데 자신들이 절왜관을 친다는 것은 청전현의 현청을 공격하는 것과 마찬가지였다. 그리고 그것은 갖다 붙이기에 따라서는 반란까지도 뒤집어쓸 수 있다는 의미.

최대한 빨리 몸을 빼는 것이 지금 할 수 있는 최선이었다.

그때, 절왜관 안쪽에서 엄한 호통이 터져 나왔다.

"한 놈도 빠짐없이 생포하라!"

절왜관주 진수명의 외침이었다.

"퇴각! 말 머리를 돌려라!"

황자군의 판단은 아주 빠르고 신속했지만, 용산방 외당 무인들 모두가 황자군과 같은 수준의 무공을 지니고 있는 것은 아니었다.

앞쪽 대열에서 말을 달리던 무인들 마흔 명가량은 이미 절왜관 담장을 넘은 상황.

땅에 내려서자마자 관졸들에게 포위되어 이러지도 저러지도 못한 채 주춤거리고 있었다.

그사이, 진수명이 담장을 뛰어넘어 절왜관 밖으로 내려서며 외쳤다.

"가급적 생포하라! 반항하는 자들은 죽여도 좋다!"

수상과 육상의 적들 중 어느 쪽을 주력으로 잡아들이느냐 하는 선택의 문제. 거기에서 진수명은 육상의 적들을 잡아야 한다는 판단을 내린 것이었다.

6장
용산방의 몰락

땡땡땡땡!

"적이다!"

경종 소리와 함께 다급한 외침이 요란하게 울려 퍼졌
다.

"이, 이게 무슨 소리냐!"

송제원과 함께 술잔을 기울이던 이첨산의 입에서 당혹
스러운 외침이 새어 나왔다. 난데없이 적이 나타났다니.

하지만 물어본다고 대답을 들을 상황이 아니었다.

차앙!

반사적으로 장검을 뽑아 들고 그대로 방을 박차고 뛰쳐

나갔다.

"후우웁!"

재빨리 심호흡을 하며 공력을 끌어 올려 온몸을 적시고 있는 술기운을 몰아냈다.

소리가 난 쪽은 총타의 정문 쪽. 이첨산은 더 생각할 것도 없다는 듯 정문을 향해 몸을 날렸다. 그의 곁에는 함께 술을 마시던 송제원이 협도를 그러쥔 채 나란히 달리고 있었다.

"음?"

순식간에 정문에 도착한 이첨산이 저도 모르게 멈칫하며 사방을 살폈다.

경종 소리와 경고의 외침이 요란하게 울려 퍼진 것치고는 정문 주변이 너무 조용한 탓이었다.

"어찌 된 일이냐?"

이첨산이 물었지만 제대로 된 대답이 돌아오지 않았다.

"어찌 된 일이냐니까!"

그때, 정문을 통해 한 사내가 급히 안으로 뛰어 들어왔다.

"방주님, 급히 나와 보셔야 할 것 같습니다."

우호법 장보삼이었다.

"도대체 누가 왔기에 그러는 겐가?"

"그, 그것이……."

"어허, 이 사람! 답답하게 왜 그러나?"

"처주무련입니다."

순간, 이첨산의 두 눈에 경악의 빛이 떠올랐다.

"처주무련?"

"그렇습니다."

"용천현에 있어야 할 놈들이……."

뭐라 중얼거리던 이첨산의 입가에 피식 미소가 떠올랐다.

"크흐흐, 용케도 우리의 계책에 걸려들지 않은 모양이군. 아니면 차라리 담판을 짓겠다고 나섰거나."

상관없었다. 용산방의 전력은 드러난 것보다 훨씬 더 강력했다. 처주무련의 전력이 강하다고는 해도 모든 무인들을 이끌고 올 수는 없었다. 절왜관에 상주하는 무인들과 소속 방파의 총타를 지키는 전력을 빼면 그리 겁먹을 것 없었다.

이첨산이 장보삼을 향해 혀를 차며 말했다.

"방의 호법이라는 자가 겨우 그런 정도로 그리 사색이 되어서야…… 쯧!"

하지만 장보삼의 안색이 변한 이유는 다른 데 있었다.

"그, 그것이 처주무련만이 아닙니다."

"그럼?"

"위소의……."

순간, 이첨산의 두 눈이 화등잔만 하게 커졌다.

"어디라고?"

"위지휘사사의 병력들이 함께 왔습니다."

"그게 대체 무슨 소리냐!"

이첨산이 버럭 소리를 지르며 황급히 정문을 나섰다.

"흡!"

반사적으로 헛바람을 들이켰다. 검은색의 갑주를 입은 담기령을 중심으로 삼백여 명의 무인들이 도열해 있었고, 그 뒤로 두 개의 군기(軍旗)와 갑주을 받쳐 입은 이백여 명의 병사들이 보였다. 대략 백호소 두 곳의 병력.

"이, 이게 무슨……."

도저히 이해할 수 없는 상황. 무림 세력 간의 문제에 관청의 관졸도 아닌, 정규 병력이 튀어나오는 이유가 뭐란 말인가.

그때, 담기령 곁의 갑주를 입은 중년의 사내가 외쳤다.

"역적 이첨산과 그 도당들은 순순히 포박을 받으라!"

"여, 역적?"

순간, 머릿속이 새하얗게 변했다. 아무런 생각이 떠오르지 않았다. 역적이라니, 이 무슨 해괴한 소리란 말인가.

하지만 방금 전 외친 갑주의 사내는 아무리 봐도 관직을 지닌 군관으로 보였다.

'설마 오왕부의 수작인 건가?'

군의 병력이 동원되었다면 그리 생각할 수밖에 없는 상황. 하지만 그렇다고 저들이 말하는 대로 따를 수도 없는 법이다.

"역적이라니, 그런 말도 안 되는 소리를 하는 그대는 누구요! 본인은 역적이라 불릴 만한 짓을 한 적이 없소!"

대답은 갑주의 사내가 아닌, 담기령의 입에서 나왔다.

"이분은 처주위(衛) 지휘동지(指揮同知)이신 고세룡 동지대인이시다!"

"도, 동지……."

지휘동지라면 위지휘사사의 이인자로서 종삼품의 군직이 아닌가. 도대체 그런 자가 이곳에 이리 나타난 이유가 뭐란 말인가.

"죄인은 당장 포박을 받으라!"

고세룡의 호통이 쩌렁쩌렁 울려 퍼졌다.

"크윽!"

이첨산이 저도 모르게 주춤주춤 뒤로 물러서며 이를 악물었다. 왜 일이 이렇게까지 흘렀단 말인가. 위지휘사사의 병력들이 움직이는 중대한 사안을 자신이 몰랐다는 것 역시 말이 되지 않는 상황.

'설마 왕유기 지현이 배신을?'

하지만 이내 고개를 내저었다. 역적이라는 말을 들먹이는 것으로 보아, 이는 필시 유황과 관련이 있을 터. 왕유기 역시 유황 밀거래에 크게 개입한 상태였기에 배신을 했을 리가 없었다.

"역적이라니? 소인은 도저히 이해할 수가 없습니다."

이첨산이 고세룡을 향해 항변하듯 말했다.

"증거가 명명백백하거늘, 이제 와서 발뺌을 하겠다는 건가!"

"모함입니다!"

"그거야 조사를 하면 가려질 터. 순순히 포박을 받아라!"

"증거가 명백하다 함은, 이미 모함에 빠트릴 준비가 다되어 있다는 뜻인데 어찌 그리하겠습니까?"

일단은 대화를 이어 간다. 하지만 이첨산의 눈은 고세룡을 향해 있지 않았다.

'이백 정도의 병력이라면……'

관부, 그리고 군부의 습성에 대해서라면 빤히 꿰고 있는 이첨산이었다. 이끌고 온 병력과 그들의 분위기만 보아도 대략적으로 파악되는 것들이 있었다.

'직접적인 개입은 없겠군.'

군의 정규 병력이라고는 해도 구변진과 주요 관문, 북 직례나 남직례의 군이 아닌 한 무림 문파들이 두려워할 수준은 아니었다.

그러니 일단 싸운다면 무림 문파가 군의 병력을 압도하 는 것은 어렵지 않았다. 하지만 평생을 쫓겨 다닐 생각이 아니라면 싸울 수 없다는 것이 문제였다. 그들을 죽인다 는 것은, 곧 황제의 병력에 손을 댄다는 의미이기 때문이 었다.

그런 군의 병력이 지금 이백여 명 정도 와 있었다. 직 접 전투에 개입하기 위해서라기보다는, 처주무련이 군부 와 함께 움직인다는 것을 알리기 위한 용도였다.

그러니 우선 몸을 뺄 아주 작은 구멍 정도는 마련된 셈 이었다. 처주무련이 군과 함께 움직인다 해도, 일단 싸움 이 벌어지고 모두 죽여 버리면 어떻게든 이야기를 다시 해 볼 여지가 생기기 때문이다.

'일단 이놈들만 치면…….'

실낱같은 가능성이라도 있다면 그쪽으로 향하는 것이 당연한 선택. 저들의 말대로 순순히 포박을 당하면 역모 죄로 참수를 당하고 머리가 효수되는 일만 기다려야 했다. 그러니 일단은 싸워야 할 터.

그사이, 뒤쪽에서 분주한 기척이 느껴졌다.

'좌호법이로군.'

외부에서 공격을 받으면 총타의 사방을 지키는 것이 기본적인 지침이었다. 하지만 지금은 적들이 정문에만 모여 있는 상황이었다. 그것을 인지한 송제원이 곳곳에 위치한 무인들을 모두 정문 쪽으로 모이게 한 것이었다.

그리고 그런 기척을 알아채지 못할 담기령이 아니었다.

"보아하니 이 방주는 순순히 투항할 생각은 없는 모양이오?"

"네놈이 가주가 되었다는 말은 들었다. 크흐흐. 그래, 처주무련의 련주님이 되시니 내가 그리 우스워 보인 모양이지?"

저벅.

담기령이 가볍게 한 걸음 앞으로 나서며 말했다.

"이 방주는 원래도 그리 대단해 보이지 않았소."

"감히 새파란 애송이 놈이!"

이첨산이 버럭 소리를 내질렀다. 하지만 실제로 기분이 상한 것은 없다. 다만 시간을 끌기 위해 짐짓 내보이는 반응일 뿐이었다. 저쪽은 준비를 하고 왔지만, 이쪽은 갑작스러운 상황에 아직 제대로 준비가 되지 못했다. 그러니 조금이라도 시간을 벌어 볼 심산이었던 것이다.

문제는 그 누구보다 효율을 중시하는 담기령을 그것을 가만히 보아 넘길 리가 없다는 점.

"타앗!"

묵직한 기합과 동시에 담기령의 발이 땅을 박찼다.

"흡!"

흠칫 놀라 재빨리 뒷걸음질 치는 이첨산의 장검에 어느새 하얀 검삭이 피어올랐다.

동시에 무시무시한 속도로 쇄도하며 날아드는 푸른 궤적.

새하얀 검삭과 푸른 도삭이 부딪쳤다. 징을 치는 듯 묵직한 쇳소리와 함께 불꽃이 사방으로 튀어 올랐다.

지이이익!

동시에 이첨산의 두 발이 땅을 끌며 몸뚱이가 주르륵 밀려 나갔다.

타닥!

"크윽!"

이첨산의 입에서 억눌린 신음이 흘렀다. 생전 한 번도 느껴 본 적 없는 무거운 도격이다. 패도적인 검공을 쓰는 이첨산으로서는 생각지도 못한 굴욕.

하지만 아무리 힘줘 봐도 밀려 나가는 힘이 해소되지가 않았다.

쿠웅!

등으로 느껴지는 묵직한 느낌. 단 일 합으로 벽쪽까지 밀려 나간 것이었다.

"이놈이!"

이를 악문 채 담기령을 노려보았다. 물론 담기령 또한 가만히 있을 리가 없었다.

타다닥!

가볍게 땅을 박차는가 싶더니, 순식간에 어마어마한 속도로 또 한 번 달려들었다.

"후읍!"

호흡을 끊은 이첨산이 재빨리 등을 튕겼다. 그 탄력에 다시 두 발로 땅을 차며 힘을 실었다.

콰드드득!

묵직한 진각이 터지고, 이첨산의 신형이 한층 빠르게 담기령을 향해 쇄도했다.

'부딪치는 것은 손해다!'

힘으로 담기령을 누를 수 없다는 것은 처음의 격돌로 명확해진 터. 굳이 검을 부딪쳐 가며 싸울 이유가 없었다.

쇄도하던 이첨산의 신형이 갑자기 멈추는가 싶더니, 달려 나가던 힘을 그대로 실어 빙그르 돌았다.

새하얀 궤적이 수평으로 공간을 쪼갰다. 허실도 변화도

없는, 달리는 힘까지 실어 오로지 빠름에만 모든 것을 쏟아부은 쾌속무비한 검격.

파공성과 함께 새하얀 검격이 바람처럼 담기령의 옆구리를 갈랐다.

휘이잉!

하지만 이첨산의 검격이 가른 것은 아무것도 없는 허공.

"흡!"

깜짝 놀란 이첨산이 황급히 보법을 밟으며 사방을 경계했다. 하지만 정작 담기령이 향한 곳은 이첨산의 뒤쪽. 정확하게는 용산방 총타 건물의 외벽이었다.

꽈아아앙!

달리는 힘을 그대로 실은 도격이 터졌다.

와르르르!

담벼락 한가운데에 구멍이 뻥 뚫리는가 싶더니, 그 위쪽이 힘없이 그대로 무너져 내렸다.

"네놈이 감히!"

무시당했다는 생각에 분기탱천한 이첨산이 노성을 터트리며 담기령을 향해 달려들었다.

쉐에엑!

또다시 새하얀 검격이 공간을 갈랐다. 그리고 이번에는

허공이 아닌 담기령의 몸뚱이를 그대로 두드렸다.

칵, 카칵!

거친 쇳소리가 울렸다. 그리고 뒤이어 들린 것은 담장이 무너지는 소리였다.

이첨산의 검격을 팔황불괘공으로 받아 내는 동시에 창월을 휘둘러 담을 무너트리는 데만 온 힘을 쏟은 것이다.

쩡, 쩌정!

도격과 검격이 충돌하고, 사방으로 불꽃이 튀었다. 하지만 그 와중에도 용산방 총타의 담장은 쉴 새 없이 무너져 내렸다.

결국 정면을 바라보고 있는 담장 중 정문 왼쪽의 담장이 모두 무너졌다. 그리고 담기령의 호령이 터져 나왔다.

"쳐라!"

"와아아아!"

기다리고 있던 처주무련 삼백의 무인들이 일시에 용산방을 향해 짓쳐 들어갔다.

"막아!"

이첨산의 뒤에서 들리는 것은 우호법 장보삼의 호령.

"와아아아!"

마찬가지로 함성과 함께 수없이 많은 인영들이 무너진 담장을 넘어 처주무련 무인들을 맞이했다.

용산방 총타에 남아 있던 전력이 대략 오백여 명, 그리고 천주무련 무인이 삼백. 도합 팔백의 무인들이 일시에 충돌했다.

"물러서라!"

"반란을 획책한 용산방을 징치하는 중이다!"

"나서는 자들은 한패로 간주한다!"

이백여 명의 군사들이 재빨리 뒤로 물러나며 외쳤다. 용산방과 무관한 이들에게 피해가 가지 않도록 주변을 물리는 것이었다.

담기령이 담장을 무너트린 이유는 싸울 수 있는 공간을 확보하기 위함이었다.

용산방 총타 앞쪽이 꽤 넓은 편이기는 하지만 팔백 명이 어우러질 정도의 공간은 되지 못했다. 그렇다고 먼저 담을 넘었다가는 무방비 상태로 당할 수도 있는 법. 그래서 일단 공간과 시야를 먼저 확보한 것이었다.

그렇게 본격적인 전투가 시작되고 나서야 담기령은 이첨산을 제대로 맞이했다.

"크큭, 난전으로 간다고 네놈들이 유리할 것 같으냐?"

이첨산이 쉴 새 없이 검을 휘두르며 비웃듯 말했다. 수적 열세인 쪽은 적의 수가 자신들보다 월등히 많은 것이 아니라면 난전이 유리할 때가 있었다. 이첨산은 담기령이 그것을 노리는 거라 생각한 것이었다.

하지만 담기령의 반응은 이첨산의 예상 밖이었다.

"난전?"

고개까지 갸웃거리며 금시초문이라는 듯 말을 한다.

"흥, 그게 아니라면 저렇게 담을 무너트릴 이유가 없을 텐데?"

캉, 카캉!

이야기를 하는 사이에도 도격과 검격은 살벌하게 서로의 목숨을 노리고 달려든다.

"도대체 언제부터 저게 난전이라고 불린 거지?"

"음?"

그제야 뭔가 이상하다고 생각한 이첨산이 슬쩍 눈길을 돌린다. 하지만 담기령은 그럴 틈을 주지 않았다.

"어딜!"

놀리듯 말을 툭, 뱉으며 창월에서 무지막지한 압력을 뿜어냈다.

지이이잉!

또 한 번 묵직한 쇳소리가 터졌다. 그리고 이첨산은 그제야 뭔가 이상하다는 것을 깨달았다. 자신은 싸우면서 말을 하다 보니 어깨가 들썩일 정도로 숨이 차오르는데, 담기령은 고개를 갸웃거리며 피식 웃으며 이죽거릴 정도로 여유가 있다는 사실이었다.

무공의 고하가 여실히 드러나는 극명한 차이.

"이, 이놈이!"

으드득!

거세게 이를 갈아붙이며 전신의 공력을 뽑아냈다.

그때였다.

"돕겠습니다!"

누군가의 외침과 함께 담기령을 향해 묵직한 도격이 날아들었다.

카카카칵!

순간, 담기령이 팔뚝을 들어 도격을 받아 튕겼다. 그러고는 튕겨 나가는 칼날을 손으로 덥석 쥐더니 그대로 잡아당겼다.

"크으윽!"

그 우악스러운 힘에 황급히 신형을 비틀며 협도를 잡아당기는 이는 좌호법 송제원이었다.

"좌호법!"

깜짝 놀란 이첨산의 장검이 담기령을 향해 날아들고, 그제야 담기령이 칼을 쥐고 있던 손을 놓았다. 그리고 세 사람의 위치는 자연스레 마주 보는 배치가 되었다.

앞뒤로 협공을 펼치는 것을 단 한 수로 무마시킨 것이

었다.

"이쯤 되면 할 맛이 날까?"

처음부터 계속 이첨산을 한 수 아래로 깔아보는 듯한 말투. 하지만 그것이 너무나 명백하니 화를 내기도 힘들었다. 아니, 화를 내는 것은 괜한 심력의 소모일 뿐이었다. 지금은 어떻게든 눈앞의 담기령을 잡는 것만을 생각해야 할 터.

담기령의 창월이 함께 몰아치는 이첨산과 송제원의 도검을 맞이했다.

전투는 난전으로 흐르지 않았다.

용산방 무인들이 한꺼번에 우르르 몰려 나가지만, 처주무련 무인들은 완벽한 군진을 형성한 채 한 발 한 발 차근차근 전진하며 전투를 펼쳤다.

창, 차창!

각양각색의 무기들이 처주무련의 군진을 두드려 댔다. 하지만 처주무련 무인들은 조금도 대열을 흐트러트리지 않은 채 제 위치를 지키며 침착하게 대응했다.

"정진!"

대열의 중심에 선 처주무련 천자당 당주 곽구재가 큰 소리로 호령을 했다.

"정진!"

"정진!"

뒤이어 사이사이 자리한 대주들의 입에서 곽구재의 명령이 반복되고, 그것이 대열의 끝까지 전해졌다.

"흐아아아!"

용산방 무인들이 함성을 내지르며 도검을 휘둘러 댔다. 그들 역시 작년까지만 해도 왜구들을 상대로 꽤나 많은 실전을 치렀던 이들이다.

진영을 흐트러트리기 위해서 가장 필요한 것은 어느 곳이든 일단 무너트리는 것. 그래야만 틈이 생기고 그 틈을 파고들 수가 있었다.

횡, 휘이잉!

세 명의 용산방 무인이 떨치는 세찬 칼바람이 한꺼번에 몰려들었다.

"흐읍!"

기웅천은 크게 숨을 들이마셨다. 언제 겪어도 이런 상황에서는 겁이 났다. 하지만 한껏 숨을 참은 채 두 발을 땅에 박은 듯 버티고 섰다. 자신이 무너지면 그것이 대열이 와해되는 첫걸음이라는 것을 아는 탓이다.

머리와 목, 그리고 다리를 노리는 세 줄기의 섬뜩한 예기.

재빨리 머리 위로 칼을 휘둘렀다.

카캉!

적들 또한 보통 실력은 아닌 듯, 어깨가 뻐근할 정도의 충격이 몰려왔다. 게다가 다리로 날아드는 칼질은 아직 처리하지 못했다. 하지만 기응천은 오히려 머리와 목을 노리던 공격의 다음 공격을 기다렸다.

채앵!

정강이 어림에서 들려오는 날카로운 쇳소리. 왼쪽에 있던 장삼이 칼을 밀어 넣어 막은 것이었다.

슈아악!

"끄악!"

비명과 함께 붉은 피가 솟구쳤다. 오른쪽에 있던 오평안이 틈을 놓치지 않고 한 놈의 가슴팍을 갈라 버린 것이었다.

그와 동시에 처주무련의 군진이 한 걸음 전진했다.

처주부의 무림 세력들은 왜구들 탓에 대체로 실전 경험이 풍부한 편이었다. 하지만 최근 반년 사이를 보면, 처주무련 소속 방파의 실전은 압도적으로 많았다.

그 압도적으로 많은 실전을 겪으며 처주무련 무인들은 군진을 형성해 전투를 하는 것이 얼마나 효과적인지 실감하고 있었다. 그렇기에 무서워도, 겁이 나도 좌우의 동료

들을 믿으며 버틸 수 있는 것이었다.

대여섯 명의 무인들이 싸움을 한다면 가장 효과적인 것은 다름 아닌 합격(合擊)이나 진법이었다. 하나의 무공으로 만들어진 합격술이나 진법은 소수의 무인들이 다수를 상대하는 가장 효과적인 무공이었다.

하지만 그 수가 이삼십 명 정도만 올라가면 합격술보다 진형을 짜는 것이 훨씬 효과적이었다. 소수라면 수시로 상황을 살피며 싸울 수 있지만, 그 정도로 많아지면 거의 불가능하기 때문이었다.

중원무림 그 어느 곳도 견줄 수 없다는 소림의 대나한 진이 진법이라기보다는 군진에 가까운 형태를 띠고 있는 것이 그 방증이었다.

"크악!"

"죽여라, 죽여!"

사방에서 고함이 터지고 비명이 울렸다. 곳곳에 시체가 쌓이고 피가 고였다.

게다가 전황은 이백 명이나 적은 처주무련의 압도적인 우세였다. 급하지 않지만 절대 느리지도 않게 꾸준히 전진하며 앞을 막는 적들을 쓸어 넘기는 처주무련의 위용은 소름이 돋을 정도로 강력했다.

그리고 그것이 담기령이 굳이 기습이 아닌 정면 돌파를

선택한 이유였다. 압도적인 힘을 보여 주는 것으로 적들의 전의를 상실시키고, 보다 여유롭게 승리를 이끌어 내는 것.

그리고 거기에 한 가지 이유를 더하자면, 이후 처주부의 다른 방파들을 칠 때 그들에게 미리 공포를 심어 주기 위함이었다. 지금의 상황은 분명 소문이 퍼질 것이고, 강력한 전력을 보유한 용산방을 이렇게 제압했다는 것은 다른 방파들의 전의를 꺾는 효과가 있었다.

"크흑, 큭!"

이첨산, 그리고 송제원이 어깨를 크게 들썩이며 숨을 몰아쉬었다.

"이, 이게 도대체 무슨 무공이란 말인가?"

도저히 믿을 수 없다는 듯 이첨산이 중얼거렸다.

철옹성. 지금 이첨산의 눈에 담기령은 거대한 철옹성으로 비춰졌다. 아무리 두드려도 절대 무너지지 않을 견고한 철벽.

자신들이 어깨를 들썩이며 입으로 힘겹게 숨을 몰아쉬는 데 반해, 담기령은 여전히 편안한 얼굴로 호흡 하나 흐트러지지 않은 채였다.

담기령이 슬쩍 뒤로 몇 걸음 물러서며 말했.

"이제 슬슬 포기할 때도 되지 않았나?"

"헛소리하지 마라! 내가 겨우 이딴 일로 포기할 성싶으냐?"

"애꿎은 수하들만 죽어 나갈 뿐이다."

"크흐흐, 그따위 놈들이야 언제든 다시 모을 수 있으니 상관없다."

"쯧쯧, 우두머리의 그릇은 못 되는 놈이로군."

"시끄럽다!"

버럭 소리를 지른 이첨산이 크게 한 걸음 딛으며 앞으로 뛰쳐나갔다.

그사이, 담기령의 시선이 슬쩍 전황을 살폈다.

압도적인 처주무련의 우위. 겁을 집어먹은 용산방 무인들은 쉴 새 없이 뒤로 물러나고 있는 상황이었다.

'이쯤이면 충분하겠군.'

이 정도면 원했던 정도의 소문이 퍼질 것이다. 그것을 위해 일부러 이첨산을 죽이지 않고 지금까지 받아 주기만 했던 것이다.

이첨산이 당하게 되면 용산방 무인들은 일시에 전의를 상실하게 된다. 그리되면 결국 용산방을 무너트린 것은 담기령의 공이 되어 소문이 퍼지리라. 용산방이 처주무련의 공격을 감당하지 못하고 결국 패배했다는 느낌을 만들

기 위해서는 그때까지 이첨산이 건재해 주어야 했던 것이
다.

그사이, 이첨산의 검봉이 세찬 원을 그리며 담기령의
중단을 헤집고 들어왔다. 물론 얌전히 받아 줄 담기령이
아니었다.

거친 마찰음이 울리는가 싶더니, 이첨산의 오른손이 세
차게 튕겨 나갔다.

그리고 담기령이 말했다.

"이만 끝을 내지."

말을 마치는 동시에 담기령의 창월이 웅혼한 기운을 한
껏 끌어안았다.

"흡!"

갑작스러운 태도 변화에 흠칫한 이첨산이 황급히 뒷걸
음질을 쳤다.

저벅!

담기령이 느긋하게 한 걸음 앞으로 내딛으며 말했다.

"살려는 줄 테니 너무 겁먹지 마시오. 당신한테 들을
것이 아주 많으니 말이오."

"감히!"

이첨산이 절대 지지 않겠다는 듯 버럭 호통을 질러 보
지만, 목소리에서는 이미 전의가 느껴지지 않았다.

그 순간, 담기령의 눈빛이 묘하게 변했다.

'저건?'

그런 담기령의 시선에 담긴 이는 이첨산과 나란히 서 있는 송제원이었다.

송제원의 얼굴에 갑작스러운 긴장감이 떠오른 것이 눈에 들어온 탓이었다. 물론 싸우는 와중이니 긴장을 하는 것은 당연했다. 하지만 그 긴장의 근원이 달랐다. 마치 뭔가를 두려워하는 듯한 느낌이 강하게 와 닿았다.

'뭘?'

하지만 뭘 두려워한다는 말인가.

머릿속으로 방금 전의 상황을 빠르게 되짚었다. 송제원의 표정이 변하기 전후의 상황.

그때, 송제원의 두 눈에 다른 것이 떠올랐다. 동시에 무언가가 담기령의 머릿속을 두드렸다.

'살인멸구!'

송제원의 표정이 변한 시점은 자신이 이첨산에게 들어야 할 것이 많다고 했을 때였다.

'감시자!'

송제원의 숨겨진 정체를 직감적으로 깨달았다.

"멈춰!"

"무슨 소리? 꼭!"

갑작스러운 담기령의 반응에 뭐라 말을 하려던 이첨산의 입에서 신음이 새어 나왔다.

"젠장!"

이첨산의 가슴팍을 뚫고 나온 뾰족한 무언가. 송제원의 협도였다.

"이, 이놈!"

고개를 돌려 송제원을 확인한 이첨산의 입에서 신음 같은 외침이 터져 나왔다. 하지만 송제원의 얼굴에는 일절 감정이 떠올라 있지 않았다.

파아아아!

협도가 뽑힌 순간, 벌어진 상처에서 피가 뿜어져 나왔다. 그리고 그 붉은 피의 운무 사이로 보이는 것은, 제 목을 향해 협도를 휘두르는 송제원의 모습.

"멈춰!"

버럭 소리를 내지른 담기령이 힘껏 창월을 휘둘렀다.

슈아악!

정확하게 송제원의 오른쪽 손목을 향해 날렵하게 그어진 푸른 궤적.

스컥!

"컥!"

조금의 저항도 없이 송제원의 오른손이 잘려 나가며,

그 손에 들려 있던 협도가 빙그르 돌아 바닥으로 굴렀다. 짧은 신음을 내지른 송제원이 크게 입을 벌렸다.

이런 상황에서 저런 행동이 의미하는 바는 단 하나. 입 안에 숨기고 있던 독단을 깨물고 자결을 하겠다는 뜻이었다. 하지만 자결을 시도하는 송제원을 본 순간, 이미 거기 까지도 예상을 한 담기령이었다.

쩌억!

기묘한 파열음이 울리는 동시에 송제원의 고개가 세차게 돌아갔다.

"컥, 쿨럭쿨럭!"

고개가 돌아가며 그 힘을 이기지 못해 그대로 핑그르르 돌아 바닥에 널브러진 송제원이 세차게 기침을 해 댔다. 하지만 그보다 중요한 것은 더 이상 자결을 할 수 없게 됐다는 점. 단 일격에 아래턱이 으스러지는 바람에 입을 다 물 수 없게 된 것이었다.

"에, 에오……."

말을 하려 했지만, 턱이 움직이지 않으니 발음 또한 제대로 되지 않았다.

담기령이 그런 송제원의 가슴팍을 발로 찍어 눌렀다. 그리고 자신의 피로 붉게 물든 채 싸늘하게 식어 가는 이 첨산을 일견한 후, 송제원을 향해 말했다.

"저놈한테 못 들은 건 네놈에게 들어야겠다."

"바, 방주님이!"

처주무련의 군진과 멀찍이 거리를 둔 채 모여 있는 용산방 무인들 사이로 당혹스러움이 퍼지기 시작했다.

방주 이첨산의 죽음도 죽음이지만, 그를 죽인 이가 좌호법 송제원이라는 사실이 그들에게는 더 큰 충격이었다.

그렇게 용산방 무인들이 충격 속에 몸을 떨고 있는 사이, 뒤로 물러났던 고세룡이 어느새 앞으로 나서며 외쳤다.

"무기를 버리고 투항하는 자들은 목숨을 살려 주겠다!"

더 이상 싸울 이유가 없었다. 게다가 역적이라는 말이 나왔다. 하지만 자신들은 그런 적이 없으니, 지금 괜히 반항해 봐야 죄가 무거워질 뿐이다.

쩔그렁!

용산방 무인 하나가 들고 있던 귀두도를 바닥으로 던졌다. 이런 일은 대게 시작이 어려울 뿐, 한 사람만 나서면 나머지는 우르르 따라 하기 마련이다.

요란한 쇳소리와 함께 수백 정의 도검이 바닥으로 내팽개쳐졌다.

뒤이어 살아남은 용산방 무인들이 하나하나 포박을 받

기 시작했다.

"도움에 감사드립니다."

위소의 정규병들과 처주무련 무인들이 용산방 방도들을 포박하는 광경을 살펴보는 고세룡을 향해 담기령이 다가와 인사를 건넸다.

털썩!

그러면서 내던지듯 땅바닥에 팽개친 것은, 기절한 송제원이었다.

"이놈은?"

"저희가 알아낼 것을 많이 알고 있는 놈입니다."

"그렇군. 어찌해야 하는가?"

"원래의 계획대로 해 주시면 됩니다. 포정사의 섭 우참정에게 심문을 할 수 있게 해 주시면 됩니다."

"알겠네. 그럼 나머지 놈들도 일단 모두 끌고 가면 되겠구먼."

"그렇습니다. 동지대인께서 직접 나서 주시는 덕에 일을 쉽게 끝낼 수 있었습니다. 나중에 따로 인사를 드리고 싶은데, 괜찮으신지요?"

담기령의 은근한 말에 고세룡의 입가에 짙은 미소가 떠올랐다.

"허허, 아무 때나 찾아오게. 우리야 처주무련의 도움을 참으로 많이 받았으니, 오히려 내가 인사를 해야 하지 않겠는가."

꽤나 기분이 좋은지 마음에 없는 소리를 하며 헤실헤실 웃음을 흘렸다. 그사이 담기령은 용산방 방도들을 포박하는 쪽으로 슬쩍 시선을 돌렸다. 보아하니 거의 마무리가 된 모양.

"그럼 이놈들은 동지대인께 맡기고, 저희는 따로 움직이도록 하겠습니다."

"허허, 그러게. 그럼 나중에 꼭 한 번 들르시게나."

유황을 밀거래하는 놈들을 일망타진한데다, 처주부에서 가장 힘 있는 처주무련의 련주가 따로 인사를 하겠다는 청을 넣었다. 고세룡으로서는 아주 기분이 좋은 날일 수밖에 없었다.

고세룡에게 깊이 포권을 하며 인사를 마무리한 담기령이 곽구재에게 다가가 말을 건넸다.

"다친 곳은 없는지요?"

"하하, 없습니다. 그나저나 이첨산이 죽어 버린 모양이군요."

"괜찮습니다. 보아하니 송제원이 용산방의 배후와 깊은 관련이 있는 듯했습니다. 비밀을 지키기 위해 이첨산을 죽이고 자결하려 했던 것으로 보면 말입니다."

"그렇다면 더 알아낼 수 있는 게 많을 수도 있다는 말입니까?"

"그렇지요."

"하하, 잘됐습니다. 그런데 일이 끝나면 갈 곳이 있다 하시지 않았습니까?"

곽구재가 잠시 기억을 더듬으며 말했다.

"예, 용산방 놈들이 노렸던 절왜관으로 가야지요. 방비를 해 두기는 했지만, 그래도 어찌 되었을지 모르니까요."

"그렇군요. 그럼 전부 다 움직이는 겁니까?"

곽구재가 저 멀리 모여 앉아 있는 처주무련 무인들을 가리키며 물었다.

"아닙니다. 곽 당주만 저와 함께 움직이시면 됩니다. 모두들 방파에서 인솔해 온 이들이 있을 테니, 그들을 중심으로 자파로 복귀하라 해 주십시오."

"알겠습니다."

두 사람의 대화가 마무리되는 사이, 처주위의 정규병들이 포박한 용산방 방도들을 끌고 움직이기 시작했다.

그렇게 용산방은 허무한 종말을 맞이했다.

7장
남궁세가

'이게 뭐지?'

남궁청관은 기겁한 표정으로 건물 모퉁이에 몸을 숨겼다.

그리고 방금 전 보게 된, 믿을 수 없는 광경이 펼쳐진 곳을 향해 고개를 내밀었다.

용산방 총타.

새벽에 나설 때만 해도 멀쩡했던 용산방 총타의 정문 앞은 말 그대로 난장판이었다.

높이 솟아올라 성벽의 느낌을 주던 담장은 한쪽이 완전히 무너져 있었고, 무너진 담장을 중심으로 널브러져 있는 시체들을 수습하는 무인들의 모습이 보였다.

그 뒤로는 용산방 방도임이 분명한 자들이 포박당한 채 줄줄이 엮이고 있었는데, 그들을 포박하는 이들은 군의 병사들과 본 적 없는 무인들이었다.

그리고 그곳과 조금 떨어진 곳에 피에 흠뻑 젖은 시체 한 구.

'이첨산!'

자신의 실수를 무마하기 위한 제물로 생각했던 이첨산이 피에 젖어 누워 있었다.

거리가 멀었지만 한눈에 봐도 죽은 것을 확신할 수 있을 정도의 모습.

마지막으로 좌호법 송제원의 모습이 보였다.

그는 오른손이 잘리고 입 주위가 온통 피로 범벅이 된 채 한 사내에게 질질 끌려가고 있었다.

'저자는…… 담기령?'

남궁청관은 두 눈을 부릅뜬 채 사내의 얼굴을 확인했다.

일전에 알 수 없는 글자들을 해독하기 위해 중원 곳곳으로 사람을 구하던 중 나온 이름이 바로 담기령이었다.

그 당시 담기령의 행적을 조사한 것이 남궁청관이었으니 쉬이 얼굴을 알아볼 수가 있었다.

무림
영주

'그렇다면 저 무인들은 처주무련의 무인들……. 그, 그 말은 처주무련이 담씨세가의 본가를 지키는 것이 아니라 이곳을 직접 쳐들어왔다는 말인데?'

머릿속이 복잡해졌다.

자신이 준 정보에 따르면, 용산방은 처주무련의 핵심인 담씨세가의 본가를 노리고 있었다.

그런데 담기령이 이곳에 있다는 말은 그가 자신의 정보를 믿지 않고 따로 움직였다는 해석이 가능했다.

'왜?'

지금까지 자신이 보내 준 정보들은 모두 틀림없는 사실들이었다.

그러니 자신의 정보는 모두 신뢰할 수 있는 것들이라고 판단해야 옳았고, 그 신뢰할 수 있는 정보에 따라 담씨세가 본가를 지켜야 했다.

하지만 지금 눈앞에 드러난 결과는, 담기령은 자신이 준 정보를 믿지 않고 용산방을 직접 치러 왔다는 것이다.

물론, 실수를 한 남궁청관의 입장에서는 다행스러운 부분이 있다.

하지만 한편으로는 비선으로서 자신의 능력에 대해 의심을 받았다는 의미가 되니 그에 대해서는 복잡한 기분이 될 수밖에 없는 것이었다.

'단순히 기회를 봐서 이곳을 치는 선택을 했을 수도 있다.'

본가의 방어는 다른 곳에 맡기는 것과 동시에 기회를 봐서 용산방을 치는 선택을 했을 가능성도 있었다.

그리고 그런 것이라면 남궁청관으로서는 복잡한 기분을 느낄 필요가 없었다.

'그럼 절왜관은 어떻게 된 거지?'

만약 절왜관은 제대로 된 방비를 하지 않았다면, 그것은 또 그것대로 문제였다.

결국은 자신의 정보 때문에 절왜관에 큰 피해가 생기기 때문이었다.

남궁청관이 혼란스러운 감정으로 수많은 생각을 떠올리는 사이, 용산방 총타 앞에서 움직임이 생겼다.

군의 병사들과 처주무련의 무인들이 포박한 용산방 방도들을 끌고 이동을 시작했다.

'담 가주는?'

남궁청관은 급히 시선을 움직이며 담기령의 위치를 찾았다.

그리고 한 사내와 이야기를 나누며 어디론가 걷고 있는 모습을 확인했다.

'일단은 따라가 보는 수밖에……'

"헉!"

슬쩍 모퉁이를 돌아 담기령이 향한 곳으로 걸음을 옮기던 남궁청관이 저도 모르게 신음을 배어 물었다.

분명 방금 전까지 대로 한가운데를 걷던 담기령이 사라져버린 것이었다.

'내가 목표물을 놓치다니!'

비선이 되어 임무에 투입된 이래로 한 번도 겪어 본 적이 없는 일이었다.

"뭐하는 놈이냐?"

갑자기 귓바퀴를 훑어 내리는 나직한 목소리.

남궁청관은 등줄기로 타고 오르는 섬뜩한 느낌에 반사적으로 몸을 움직였다.

슈아아악!

남궁청관의 허리춤에서 싸늘한 기운이 솟구치며, 낭창거리는 연검이 날렵한 궤적을 그렸다.

"헉!"

하지만 남궁청관은 저도 모르게 헛바람을 집어삼켰다.

분명 예상치 못한 곳에서 시작되어 섬전처럼 날린 일격이었다.

그런데 그렇게 휘두른 연검이 누군가의 손에 잡힌 채

부르르 검신을 떨고 있는 모습을 보았으니 기겁을 할 수밖에.

"다, 당신은?"

갑자기 나타난 이는 담기령이었다.

남궁청관이 믿을 수 없다는 눈으로 담기령을 보았다.

"왜?"

담기령의 물음에 남궁청관이 더듬거리며 물었다.

"어, 어떻게 나, 나를 알고……."

용산방에서 일어난 일은 참혹하기는 했지만, 또 그런 만큼 골목 구석구석 숨어서 지켜보는 이들이 아주 많았다.

남궁청관 또한 그 사람들 사이에 숨어 상황을 살피고 있었다.

그런데 어떻게 정확하게 자신을 집어냈단 말인가.

"아, 내가 그런 시선에는 좀 예민한 편이라서 말이지."

"아무리 그렇다 해도……."

남궁청관으로서는 도저히 믿을 수 없는 이야기였다.

하지만 담기령에게는 아주 당연한 이야기였다.

중원으로 넘어오기 전 그의 신분은 제국 내 가장 강한 권력을 가진 공작가의 후계자였다.

가지고 있는 권력이 강하면 강할수록 적이 많아지는 것은 당연한 이치.

그런 탓에 담기령은 어려서부터 혹독한 훈련을 받으며 염탐이나 미행 등에 대한 아주 예민한 감각을 가지고 있었다.

남궁청관이 뛰어난 비선이기는 했지만, 제국이라는 거대한 땅덩어리의 모든 귀족들을 적으로 간주하고 훈련받은 담기령의 감각을 속일 수는 없던 것이다.

"어쨌든 섣불리 도망갈 생각은 않는 게 좋아."

"아, 알겠소."

"그래서, 누구지?"

남궁청관의 얼굴에 갈등의 빛이 떠올랐다.

비선으로서 기척을 들키고 정체를 발각당하는 것은 심각한 문제였다.

하지만 거짓말을 해 봐야 섭문경을 통해 결국은 정체가 드러날 일이었다.

섣불리 행동했다가는 남궁세가와 오왕부가 척을 지는 결과를 초래할 수도 있는 일.

한참을 고민하던 남궁청관이 힘겹게 입을 열었다.

"섭 우참정의 부탁으로 용산방에 들어갔소."

"아, 그렇다면 당신이……."

말을 흐린 담기령이 슬쩍 입꼬리를 말아 올리며 말했다.

"이번 용산방의 반간계에 걸려든 그 사람이군."

"그, 그건!"

남궁청관이 발끈한 표정으로 뭐라 말을 하려 했지만, 결국 그 뒤의 말은 입에 담지 못했다.

담기령이 한 말은 분명한 사실이었고, 자신의 실수였기 때문이다.

담기령이 손에 쥐고 있던 연검을 놓아주며 말했다.

"일단 같이 가는 게 어떻소?"

"아, 알겠소."

재빨리 연검을 갈무리한 남궁청관이 담기령의 뒤를 따라 걸음을 옮겼다.

"흐음, 그런데 당신…… 비선으로서는 실격인 것 같은데?"

"무슨 말이오?"

또 한 번 발끈한 남궁청관이 낮지만 잔뜩 힘이 들어간 목소리로 되물었다.

하지만 되돌아온 담기령의 대답에 저도 모르게 흠칫할 수밖에 없었다.

"비선이라는 사람이 그렇게 감정을 잘 드러내서야 어디 제대로 자기 일을 할 수 있겠소?"

"흡!"

또 한 번 섬뜩한 느낌이 등줄기를 타고 오르내렸다.

'내가 왜?'

남궁청관은 뒤늦게 자신의 실수를 깨달았다.

담기령이 말은 조금도 틀리지 않았다.

평소와는 달리 쉬이 감정을 내보이고 있었다.

지금껏 한 번도 그런 실수를 한 적이 없던 탓에 그 충격이 꽤 강하게 머릿속을 두드렸다.

그러면서 오늘 있던 일들을 가만히 되짚었다.

'으음……'

애써 진정하며 생각을 정리하니 오늘 이렇게 감정적인 행동을 한 것은 비단 담기령 앞에서만이 아니었다.

방노삼을 상대했을 때부터 그는 감정에 치우쳐 행동을 하고 있었다.

산속에서 적당한 때에 몸만 빼면 되었을 일을, 굳이 그들을 모두 처리하려 했다.

거기에 자신이 반간계에 철저하게 당했다는 것을 알았을 때 지나치게 흥분했으며, 처음부터 용산방으로 방향을 잡아야 했을 일을 뒤늦게 결정할 수 있었다.

그 모두가 평소의 그였다면 하지 않았을 일이다.

'내가 왜……'

자문을 해 보지만 답은 알 수가 없다.

그사이, 담기령이 다른 이야기를 꺼냈다.

"한 가지 확인해 보고 싶은 것이 있소."

"말씀하시오."

"당신이 보내온 정보에 따르면, 용산방은 담씨세가의 본가를 노린다고 했소."

순간, 남궁청관의 표정이 와락 일그러졌다.

"그랬소."

"하지만 놈들이 노린 건 절왜관이었고, 만약 당신의 정보를 믿고 있었다면 우리는 큰 낭패를 당했겠지."

남궁청관은 한층 더 인상을 구겼다.

"용산방 같은 질 떨어지는 놈들이 그렇게 이중으로 함정을 팠으리라고는 생각을 못했소. 내 실수요."

남궁청관은 애써 덤덤하게 말했다.

하지만 불쾌한 기분에 혀끝이 떨렸다.

그 모습을 지켜보던 담기령이 갑자기 뭔가 알아냈다는 듯 피식 웃으며 말했다.

"당신이 드러내서는 안 되는 감정을 그렇게 드러내는 이유도 혹시 용산방 때문이오?"

"무, 무슨 말……."

대답을 하던 남궁청관이 갑자기 멍한 표정으로 생각에 잠겼다.

'설마······.'

비선들이 가장 경계해야 할 것 중 하나가 바로 감정이었다.

그리고 그로 인해 문제가 일어나지 않도록 하기 위해 훈련을 시키며 강조하는 것 중 하나가 냉정함이었다.

때문에 어떤 순간에도 냉정을 잃지 않고, 어떤 순간이든 '자신'을 버리고 모든 것을 객관적으로 분석하도록 훈련을 시키는 것이었다.

지금 남궁청관은 자기 스스로를 다시 살피고 있었다.

'내가······.'

이름을 듣지 않았다면 있다는 사실조차 몰랐을 용산방이었다.

지금껏 굵직한 세력들을 상대로만 임무를 맡아 왔던 자신이 지방의 소규모 방파를 상대해야 한다는 생각에 자존심이 상했다.

중원무림 전체에 이름 높은 남궁세가, 그곳에서도 가장 뛰어나다고 평가받는 자신이 겨우 이딴 놈들을 상대로 뭐하나 하는 생각을 했던 모양이다.

'그럴 리가 없는데······ 내가 자존심을 생각했다고?'

스스로 그렇게 자문을 해 보았다.

하지만 어렴풋이 그랬던 것 같다.

그리고 그런 가정이 사실이라고 하면, 오늘 자신이 했던 모든 행동들이 설명이 가능해졌다.

얼굴이 화끈거리는 느낌이 들었다.

하지만 그조차도 경계해야 할 감정이었다.

"후우, 후!"

애써 호흡을 가다듬은 남궁청관이 담기령을 향해 말했다.

"내 실수요."

남궁청관의 시인에 담기령이 천천히 고개를 끄덕였다.

그리고 사뭇 진지한 표정으로 말했다.

"당신을, 그리고 남궁세가를 믿어도 좋다고 판단하고 드리는 말이오. 진지하게 대답을 해 주었으면 하오."

"나는 세가의 비선일 뿐이오. 세가와 관련된 것 중 내 입에서 나올 수 있는 말은 그리 많지 않소."

"일단 들어나 보시오. 대답은 그대가 알아서 판단하여 해 주면 될 일이오."

"알겠소이다."

남궁청관이 고개를 끄덕이자, 담기령이 한층 목소리를 낮춰 물었다.

"일전에 담씨세가로 알 수 없는 글자를 해독해 달라 청을 넣은 적이 있지 않소?"

"그랬소만?"

"그 글자의 탁본은 어떻게 구한 것이오?"

담기령의 질문에서 남궁청관은 번뜩 한 가지 사실을 깨달았다.

그 탁본의 글자와 담기령은 어떤 식으로든 관련이 있는 것이 분명했다.

하지만 담기령의 질문에 대답을 해서는 안 되었다.

"그 문제는 내가 답할 수 있는 문제가 아니오."

"알겠소이다. 그럼 질문을 바꿔 보겠소. 그 탁본을 구하게 된 경위가 지금 중원 전 지역에서 벌어지고 있는 유황의 밀거래와 관련이 있소?"

"그 역시 답할 수 없소."

여전한 대답에 담기령은 알았다는 듯 가볍게 고개를 주억거렸다.

대답을 들을 수 있을 거라 기대를 하고 던진 질문은 아니기 때문이었다.

좀 더 정확하게는, 그다음에 할 이야기를 던지기 위한 포석이었다.

"그렇다면 혹시 내가 남궁세가의 가주님과 독대할 수 있는 자리를 만들어 줄 수는 있소?"

그 이야기를 들은 남궁청관은 담기령이 앞서 던졌던 물

음들이 이 이야기를 하기 위함이었다는 것을 깨달았다.

그사이, 담기령이 말을 더했다.

"우리는 용산방의 배후에 거대한 세력이 숨어 있다고 생각하고 있소. 그리고 오늘 전투로 그 세력에 닿을 수 있을지도 모르는 자를 붙잡았소. 이 정도면 이야기를 해 볼 수 있지 않겠소?"

만약 남궁세가가 그 배후와 한패라면, 처주무련과 섭문경, 그리고 오왕부까지도 위험해질 수 있는 이야기였다.

그리고 그런 의심을 할 만한 근거도 분명히 있었다.

바로 결정적인 순간에 건네진 잘못된 정보.

만약에 그 정보를 전적으로 믿었다면 처주무련은 여러모로 위험했을 수도 있었다.

그러니 완전히 남궁청관을 믿는 것은 어려웠다.

그래서 그것을 확인하기 위해 그것에 대해 먼저 물었던 것이다.

그리고 담기령이 본 바로는, 그것은 남궁청관의 실수였을 뿐, 고의는 아니었다.

그렇기 때문에 어느 정도는 믿을 수 있다는 판단을 했고, 이렇게 말을 꺼낸 것이었다.

물론, 완전히 믿지는 않았다.

남궁세가가 적일 수도 있다는 것 또한 염두에 두고 있

었다.

하지만 일단 남궁세가의 가주와 만나 이야기를 해 보지 않는다면 알 수 없는 일이기에 조금은 모험을 해 볼 심산으로 이야기를 던진 것이었다.

잠시 고민하던 남궁청관이 힘겹게 고개를 끄덕였다.

"말씀을 전하겠소."

"고맙소이다. 아, 우리는 지금 관선을 타고 처주부로 갈 예정이오. 가면 섭 우참정 대인도 만날 수 있으니, 함께 가겠소?"

"알겠소이다."

남궁청관이 바로 고개를 끄덕였다.

이번 일을 마무리하기 위해서는 그 역시 섭문경을 만나야 했다.

이미 정체가 드러난 참이니 가능한 빠르게 만나기 위해서는 관선을 타고 가는 담기령의 신세를 지는 편이 낫다고 판단한 것이었다.

"그럼 갑시다."

"현아."

"예, 아버지."

"네가 항주에 좀 다녀와야 할 것 같구나."

"항주라 하심은, 혹시 일전에 이야기가 나왔던 오왕부를 말씀하시는 겁니까?"

남궁세가의 가주, 남궁호천의 말에 그의 장자이자 소가주인 남궁현이 고개를 갸웃거리며 물었다.

꽤 긴 시간 세가에서 조사하고 있는 유황과 관련해 오왕부와 일이 있다는 이야기는 일전에 들은 적이 있었다.

하지만 자신이 항주까지 가야 할 일이 있으리라고는 생각지 못했으니 의문스러울 수밖에.

"그래, 오왕부로 가는 게지."

"듣기로는 오왕부의 일은 모두 세자의 손에서 처리된다 들었습니다. 그럼 오왕부의 왕세자를 만나러 가는 것인지요?"

남궁호천이 고개를 저었다.

"왕세자가 배석하기는 하겠지만, 만나서 이야기를 하고 주시해야 할 인물은 다른 자다."

"누구요?"

"담기령."

이번에도 남궁현은 고개를 갸웃거렸다.

얼핏 들은 적은 있는 것 같지만 바로 떠오르지 않는 걸로 보아 중요한 인물은 아닌 듯한 탓이었다.

"일전에 문제의 그 탁본 때문에 서역 너머의 글자를 해

독할 수 있는 사람을 찾다가 이름이 나왔으니 한 번 들어
는 봤을 것이다."

"아!"

그제야 희미하던 기억이 분명해졌다.

"법국에 다녀왔다는 그……."

"그래. 서역 너머 법국에 다녀왔다는 말을 듣고 탁본의
글자를 해독할 수 있는지 서신을 보냈지."

"그 당시 아무런 소득이 없었으니, 그 역시도 글자를
몰랐던 게 아닙니까? 그런데 왜 그를 만나고 오라는 것인
지요?"

"일단 이걸 읽어 보아라."

담궁호천이 건넨 것은 꽤 장문의 서신이었다.

궁금한 얼굴로 서신을 받아 들던 남궁현이 흠칫 놀란
얼굴로 물었다.

"청관? 청관이 어째서 이런……."

서신을 보낸 이는 세가의 비선인 남궁청관이었다.

하지만 비선이 이 정도로 긴 장문의 서신을 보내는 경
우는 없다고 해도 과언이 아닐 정도.

"일단 읽어 보아라."

"예."

시선을 돌려 서신을 읽어 가는 남궁현의 표정이 점점

기묘하게 변했다.

서신에는 남궁청관이 용산방의 반간계에 당해 벌어졌던 일들이 상세하게 기술되어 있었고, 그 말미에는 담기령과 관련된 이야기가 담겨 있었다.

"으음, 청관이 이런 실수를 했단 말입니까?"

"나도 좀 의외였다. 하지만 중요한 건 그 담기령이라는 자다. 너는 어찌 생각하느냐?"

"확실히 묘하군요. 저였다면 청관이 보낸 잘못된 정보에 당해 크게 낭패를 봤을 겁니다."

남궁현의 말에 남궁호천이 고개를 끄덕였다.

"나 역시도 꽤 낭패한 꼴을 보기는 했을 것 같더구나. 그러니 네가 가서 한 번 만나 보아라."

"만나서 무얼 하면 되는지요?"

"그전에 이것도 한 번 보아라."

남궁호천이 이번에는 얇은 한 권의 책자를 건넸다.

"절강성 처주부 용천현 담씨세가?"

책자의 표지에 쓰인 글자를 읽은 남궁현이 역시나 묘한 표정을 지었다.

"어디 있는지도 모를 작은 세가인데 조사할 내용이 많았던 모양이군요?"

"꽤 흥미롭더구나. 한 번 읽어 보아라."

흥미롭다는 아버지의 평가에 남궁현이 호기심 가득한 얼굴로 책자를 펼쳤다.

처음 내용은 별것 없었다.

절강성 처주부 용천현의 토호였던 가문으로, 가전의 무공을 바탕으로 세가의 형태를 띠고 있다는 것.

처음 무림 세가의 모습을 가지게 된 것이 언제이며, 현재 가문의 구성원은 누구인지, 그리고 보유하고 있는 이권이나 재산 정도.

그다지 눈여겨볼 만한 내용이 없었다.

하지만 그 내용이 끝나고 슬쩍 책자를 들어 본 남궁현의 표정이 묘하게 변했다.

담씨세가의 개략적인 내용은 겨우 몇 장에 불과한데, 그 뒤에 책장이 많이 남아 있기 때문이었다.

'담기령이라……'

그 뒤의 내용은 모두 담기령에 관한 것이었다.

태어난 날부터 시작해 담기령과 관련되어 있는 모든 것들이 기록되어 있었다.

그것을 읽는 남궁현의 표정이 점점 흥미롭게 변했다.

그리고 모두 읽은 후 첫 질문을 던졌다.

"법국에서의 행적은 아무것도 밝혀진 것이 없는 모양이군요."

"그곳까지는 우리가 파악할 수 있는 게 없으니까. 그래, 어떤 것 같으냐?"

"이 내용이 전부 사실이라면…… 그가 법국에서 도대체 무슨 경험을 했는지 참 궁금하군요."

"이 아비도 같은 생각이다. 어쨌든 한 번 만나 볼 가치가 있다 생각이 들지 않느냐?"

남궁호천의 물음에 남궁현이 고개를 끄덕였다.

"지금 가진 세력이 크지는 않지만, 앞으로 아주 크게 될 자인 건 분명한 듯합니다. 그리고 아군이 된다면 꽤 도움이 될 것 같습니다."

"나도 그리 생각한다. 그러니 이번에 갈 때 소소와 함께 가거라."

남궁현이 흠칫 놀라는 표정으로 아버지를 보았다. 남궁호천에게는 사남 이녀의 여섯 자식이 있었다.

그중 남궁호천이 장남으로 서른이었고, 남궁소소는 막내딸로 스물하나의 나이였다.

직감적으로 떠오르는 것이 있었다.

"설마 그를 사위로 들이실 생각입니까?"

"그 정도면 충분히 가치가 있다고 생각한다. 우리 세가에서 힘을 좀 보태 준다면, 처주부 전체를 장악한 것처럼 절강성도 손에 쥘 수 있을지도 모른다. 그렇다면 지금껏 대부분의 무림 세력들이 쉬이 진출하지 못했던 절강을 우리가 차지할 수 있을 수도 있지. 물론 무조건은 아니다. 그러니 네가 가서 그 담기령이라는 자를 판단해 보고, 괜찮다고 생각이 들면 한 번 진행해 보아라."

남궁현을 포함한 육남매는 남매간의 정이 아주 깊은 것도 아니고, 그렇다고 사이가 아주 나쁜 것도 아니었다.

적당히 남매간의 유대를 가지고 제 할 일을 하며 도움도 주고, 때로는 싸우기도 하는 정도의 관계.

그러니 막내라 하여 특별히 아끼는 감정이 있지는 않았다.

하지만 또 한편으로는 어쨌든 여동생의 혼사와 관련된 일이었다.

무심하게만 볼 수는 없는 일인 것이다.

"알겠습니다. 언제 떠나면 되는지요?"

"지금부터 준비를 해라. 그리고…… 어쨌든 처음 만나는 것이고 왕부로 가는 길이니, 호위는 정예로만 꾸리되 그 수는 열을 넘지 않도록 네가 뽑아 정하도록 해라."

"예, 아버지."

"나는 아직도 이해가 안 가네."

구지섭의 말에 담기령이 되물었다.

"어떤 것이 이해가 안 됩니까?"

"믿지 않을 이유가 없는 정보를 굳이 배제해 버린 이유 말이야. 자네가 담씨세가보다는 절왜관을 노리는 것이 더 타당하다고 말한 것도 어느 정도 일리가 있기는 하지만, 그렇게 과감하게 움직일 정도의 근거는 아니란 말일세."

구지섬의 말에 함께 모여 있던 섭문경과 남궁청관, 그리고 진충회와 석대운의 시선이 담기령에게로 쏠렸다.

자신들 역시 담기령의 말을 믿고 그대로 움직이기는 했지만, 그러면서도 꽤 불안해했던 것이 사실이기 때문이었다.

"첫 번째, 의위정께서도 말씀하셨듯이 저희 세가보다는 절왜관을 노리는 것이 이치에 맞기 때문이었습니다. 그리고 두 번째는 시간입니다."

"시간? 하지만 그때 확인한 바로는 용산방은 따로 전력을 옮기고 있었고, 담씨세가를 치는 것도 시간이 적당했는데?"

"그것만 생각하면 의위정께서 하신 말이 맞습니다만, 한 가지를 간과했습니다."

"간과하다니?"

"용산방이 담씨세가를 친다는 건 일이 틀어질 경우, 아주 곤란한 상황이 발생하게 됩니다. 용산방이 그걸 모르지는 않을 것이고, 그렇다면 용산방 역시 우리의 움직임을 미리 파악할 시간이 필요해야 합니다."

"그렇겠군."

"그런데 처음부터 짜 놓은 것처럼 그 시간이 아주 촉박했다는 말이지요. 그 일은 용산방의 존망을 걸고 벌이는 일이었습니다. 그리 촉박하게 움직이는 것은 말이 되지 않습니다."

"혹시 세 번째도 있나?"

"마찬가지로 시간입니다."

구지섬이 고개를 갸웃거렸다.

또 시간이라니, 그건 무슨 말인가?

"우리가 정보를 받고 그 말대로 하게 되면, 아주 빠듯하기는 해도 방비를 할 수 있을 정도의 시간이 됩니다. 즉, 우리를 급하게 움직이도록 하려는 의도가 아닌가 하고 의심을 하게 된 겁니다. 그렇게 마음을 급하게 만든다는 것이, 우리의 시선을 속이려고 하는 게 아닌가 의심한 것이지요."

하지만 구지섬은 여전히 석연찮은 표정이었다.

"그것만으로는 그때의 판단이 이해가 되지 않네. 만약 그 정보가 사실이었다면, 담씨세가는 몰락의 길을 걸었을지도 모를 일이야."

"그리고 마지막으로 영녕계의 도움이 있었습니다."

"영녕계?"

"청전현을 중심으로 갑자기 말을 구하는 자가 늘었다고 하더군요."

"음, 그랬다면 그렇게 판단할 수는 있겠군. 뭍에서 절왜관을 치려면 말이 꼭 필요할 테니까. 하지만 그걸 어떻게 알아볼 생각을 한 건가? 놈들이 말을 사지 않고 절왜관까지 말을 몰고 왔을 수도 있지 않은가?"

"이곳이 절강성, 그것도 처주부라는 걸 잊으셨습니까? 삼삼오오 나눠 움직인다 해도, 그 정도로 많은 인마가 움직인다면 분명 눈에 띄게 됩니다. 그러면 자신들의 행적 또한 드러나게 되지요."

"흐음……."

모두들 고개를 끄덕였다.

그 정도라면 충분히 납득할 수 있는 근거였다.

그때, 진충회가 여전히 이해를 못한 듯 물었다.

"하지만 놈들도 바보가 아니지 않은가? 자네가 말했듯, 처주부에서 말을 쓸 일이 그리 많지도 않은데 그 정도로 많은 말이 거래된다면 분명 눈에 띌 텐데? 그런데도 마상(馬商)에 말을 구했다는 건가?"

"말씀하신 대로 놈들은 마상에서 말을 구하지 않았습

니다."

"그, 그럼?"

"청전현을 중심으로 여러 곳에서 말을 소유한 개인에게 웃돈을 얹어 주고 말을 구했지요."

"그, 그런데?"

"하지만 개인이 말을 소유하고 있다는 건, 필요에 의한 것입니다. 결국 말이 없어졌으니 말을 사야 하고, 필요한 조건을 갖춘 말을 사려면 마상에 연락을 넣어야 하지요. 듣기로는 웃돈까지 얹어 주며 당분간 말을 구하지 말라고 당부를 했다고는 합니다만, 수많은 곳에서 말을 샀으니 그중에 그 말을 들을 사람은 결국 절반 정도 아니겠습니까?"

"아, 그럼 결국 놈들이 거기까지 생각을 못했기 때문에 벌어진 일이로구먼!"

"맞습니다."

그제야 모두들 납득한 표정을 지었다.

남궁청관 역시 고개를 끄덕였다.

자신이 실수를 하긴 했지만 자신의 정보를 믿지 않은 이유가 아주 궁금했는데, 이제야 납득이 가는 것이다.

그런 부분까지 놓치지 않고 빠르게 조사한 담기령의 능력에도 꽤 감탄이 나왔다.

담기령이 그런 남궁청관을 향해 물었다.

"남궁세가에서는 아직 소식이 없소이까?"

"그렇지 않아도 오늘 아침 답을 받았습니다. 세가의 소가주께서 항주로 오신다 하셨으니, 오왕부에서 만나시지요."

"흐음, 제 요청은 가주님을 뵙고 싶다는 것이었소만?"

"우선은 저희 소가주님과 먼저 이야기를 하시지요."

"알겠소이다."

고개를 끄덕인 담기령이 함께 자리한 모두를 둘러보고는 다시 남궁청관에게 말했다.

"미안하지만, 처주무련의 일을 논의해야 하니 잠시 자리를 비켜 주겠소?"

"알겠습니다."

남궁청관이 두말없이 자리에서 일어났다.

문득 무슨 이야기를 하는지 엿들어 볼까 생각도 해 보았지만, 일전에 담기령이 자신의 존재를 파악했던 것을 떠올리며 고개를 저었다.

남궁청관이 방을 나선 후, 구지섬이 묘한 표정을 짓더니 자신과 섭문경을 가리킨 후 담기령에게 물었다.

"그럼 우리도 나가야 되는 것 아닌가?"

"상관없습니다. 어차피 알고 계신 이야기들입니다."

"뭐, 그렇다면야……."

구지섭이 고개를 끄덕이자 담기령이 진충회와 석대운을 향해 말했다.

"진 가주님, 그리고 석 방주님."

"말씀하시게."

"이미 용산방을 쳤으니, 이참에 다른 방파들 역시 정리를 해야 합니다. 그리고 저는 항주로 남궁세가 사람들을 만나러 가야 하니, 두 분이 그 일을 맡아 주셨으면 합니다."

"하지만 그들이 그리 만만한 자들도 아니고……."

진충회가 걱정스러운 얼굴로 말했다.

하지만 담기령은 별다른 걱정이 없다는 듯 웃으며 말했다.

"싸울 일은 없을 겁니다."

"싸우지 않는다고?"

"지금쯤 처주부 전역에 용산방과 처주무련의 싸움이 소문이 나 있을 겁니다. 용산방의 전력은 알려진 것의 두 배에서 세 배의 규모였습니다. 그런데 처주무련은 겨우 삼백의 무인으로 그들을 밀어냈지요. 즉, 우리의 힘이 어느 정도인지를 확실하게 보여 주었다는 말입니다. 다른 방파들은 자신들의 힘이 용산방에 비할 바가 아니라는 것을 지금쯤 알게 되었을 것입니다. 그러니 적당한 말로 구슬려 처주무련의 하부로 들어오게 만들면 될 것입니다."

담기령의 설명에 석대운이 의외라는 표정으로 물었다.

"그들을 처주무련의 일원으로 받아 주자는 말인가?"

"아닙니다. 수창현의 제운방, 송양현의 비산문, 진운현의 천씨세가, 경원현의 백가장. 그들의 이름은 더 이상 처주무련에 존재하지 않을 겁니다. 진가장과 상운방, 명도문은 처주무련을 이끄는 수장들입니다. 하지만 그들은 어디까지나 처주무련의 월봉을 받는 무력 집단이 되는 것입니다."

"그러니까…… 살고 싶으면 처주무련 하부로 들어오라고 협박을 하라는 말이군."

석대운의 직설적인 표현에 담기령이 피식 웃으며 고개를 끄덕였다.

"정확합니다."

그때, 섭문경이 불쑥 끼어들었다.

"지금 우리가 있는 곳에서 그 이야기를 하시는 이유가…… 혹시 그 분위기를 만들어 달라는 겁니까?"

관부와 처주무련의 관계가 돈독하다는 것은 이미 알려진 내용.

거기에 조금 더 살을 붙여 주면, 지금 말한 방법이 먹히는 데 큰 도움이 될 터였다.

"맞습니다."

그렇게 대답한 담기령이 구지섬과 섭문경에게 번갈아 시선을 던졌다.

대답은 구지섬의 입에서 먼저 나왔다.

"알겠네. 이미 한 배를 탔으니 그 정도 도움이야 힘들 겠나. 세자 저하께 연락을 드리겠네."

"감사합니다."

뒤이어 섭문경이 뎗은 표정으로 고개를 끄덕였다.

"알겠습니다. 허중선 지부에게 말을 하도록 하지요."

"감사합니다."

8장
새로운 사실들

"하아!"

방 안 가득 메운 정적을 깨는 것은 간간이 들려오는 황태춘의 깊은 한숨 소리였다.

"아버지!"

결국 참지 못한 황개형이 버럭 소리를 질렀다.

"이놈아! 뭘 잘했다고 아비한테 소리를 질러!"

"그게 저 혼자 결정한 일입니까? 결국 마지막 결정은 아버지가 하신 거잖아요!"

"네놈이 확실하다 하지 않았느냐?"

"그럼 그때 제 말이 틀렸습니까?"

"그럼 그게 옳았느냐? 네놈 눈에 지금 상황이 어찌 돌아가고 있는지 안 보이느냐?"

"그, 그거야!"

"시끄럽다!"

고래고래 소리를 지르며 대거리를 하던 두 부자는 결국 황태춘이 고개를 홱 돌리며 끝이 났다.

그리고 다시 이어진 정적.

"하아!"

가장 큰 실수는 처음 담씨세가의 초청에 응하지 않은 점이었다.

그리고 그 결과가 지금 제운방의 수입이 반 토막도 되지 않는 상태가 되는 결과를 불러왔다.

제운방은 표국을 운영하고 있었고, 그 표국은 수창현의 모든 물자를 책임지고 있었다.

또한 제운방의 가장 큰 수입원 중 하나였다.

그런데 몇 달 전, 절왜관에서 통과세를 받기 시작하면서 일이 틀어지기 시작했다.

관문을 지나는 데 세금을 내야 한다면, 내면 그뿐이었다.

표국의 표행비에 그만큼을 더 얹어 받으면 되니 그것은 크게 어려운 일이 아니었다.

하지만 처주무련 소속의 방파가 운영하는 표국에는 통과세를 걷지 않는다는 것이 문제였다.

제운방의 표행 비용이 더 높아지는 것은 굳이 말하지 않아도 당연한 일.

그러다 보니 수창현의 모든 상단들이 제운방이 아닌, 진씨세가나 상운방의 표국을 이용하는 것이었다.

제운방의 입장에서는 자신들을 망하게 하려는 의도로밖에 보이지 않는 조치였다.

하지만 항의를 해도 소용이 없었다.

전임 지부의 결정이기도 하거니와, 처주무련은 처주부를 지키는 데 많은 노력을 하고 있으며 절왜관을 짓는 데도 자신들의 돈을 들였으니 불공정한 일이 아니라는 대답만 돌아왔기 때문이다.

결국 제운방은 통과세를 자신들이 부담하는 것으로 거래처들을 붙들려 했지만, 이미 표행비를 한 번 올린 적이 있는 탓에 되돌아온 상단은 절반에 불과했다.

수입이 줄어드니 운영에도 무리가 생기는 것이 당연한 일.

그런데 그러던 차에 또 다른 문제가 생겼다.

바로 용산방의 멸문 소식이었다.

황태춘이 다시 정적을 깨트렸다.

"처주무련이 그렇게 막강할 줄이야……."

"지난 반년 동안 왜구 놈들이랑 죽도록 치고받더니, 실력이 아주 좋아진 모양이더군요."

"그에 반해 우리는 왜구 걱정 없이 마음을 놓고 있다 보니 약해졌다."

"쳇, 놈들이 어쩌면 이런 거까지 노렸는지도 모르겠네요."

신경질적인 표정으로 말하는 아들의 모습에 황태춘은 겨우 가라앉혔던 노기가 다시 끓어올랐다.

"아, 그러게 왜 그때 이 아비를 말렸느냔 말이다!"

"누가 이리될 줄 알았습니까?"

아들의 반응에 황태춘이 고개를 설레설레 저었다.

여기서 아들과 말싸움을 하며 내 탓, 네 탓 따져 봐야 이미 벌어진 일은 어찌할 수가 없었다.

"그래, 처주무련 놈들이 그렇게나 무시무시하더란 말이냐?"

"용산방 전력이 외부에 알려진 것의 두 배 정도 되더랍니다."

"두 배? 그럼 무인만 해도 오륙백은 족히 된다는 말이냐?"

"소문에 육백 정도라 했는데, 설마 그랬겠나 싶어 상단을 통해 확인을 해 보니 오백 정도였다더군요. 그에 반해서 처주무련은 겨우 삼백 정도였답니다."

"그랬는데 용산방을 이겼단 말이지?"

"단순히 이긴 게 아닙니다. 듣자 하니 처주무련의 피해는 부상자 백 명 정도고, 사망은 단 한 명도 없었답니다."

"헉!"

황태춘의 얼굴이 다시 한 번 하얗게 질렸다.

처주무련의 힘이 그 정도일 줄이야.

"우, 우리 방의 무인이……."

"그간 덩치를 키우기는 했어도 겨우 이백 명 수준이죠."

"후우! 덤벼 보지도 못할 전력이라는 소리구나."

사실 세금 문제로 골머리를 앓던 황태춘은 인근 송양현의 비산문과 이야기를 해서 함께 무력시위라도 할 생각을 품고 있었다.

그러던 차에 용산문의 일이 터진 것이었다.

비산문과 제운방의 전력을 합친다 해도 용산방과 비슷한 수준이었다.

그런 전력으로 처주무련에 무력시위를 할 생각을 해 보니 속이 답답해졌다.

그때, 문밖에서 누군가 다급한 목소리로 외쳤다.

"방주님, 큰일 났습니다!"

그 소리에 깜짝 놀란 황태춘이 벌떡 자리에서 일어나 문을 열어젖혔다.

"큰일이라니! 뭐가 큰일이란 말이냐!"

그 말에 제운방 내당 당주이자 황태춘의 동생인 황태선이 부들부들 떨리는 손으로 무언가를 내밀었다.

"혀, 형님, 처주무련, 처주무련에서 이 배첩을……."

"처주무련이라고?"

황태춘이 기겁한 표정으로 아우의 손에 들린 배첩을 뺏어 들었다.

"허헉!"

동시에 황태선과 똑같이 얼굴이 하얗게 질린 채 손을 부들부들 떨었다.

"왜 그러십니까?"

황개형이 불안한 표정으로 아버지의 손에 들린 것을 낚아챘다.

"헉!"

그러고는 그 역시 똑같은 반응을 보였다.

"이, 이게 지금 무슨 소립니까?"

배첩의 내용은 간단했다.

처주무련의 진충회가 보낸 것으로, 처주무련 천자당 무

인들이 수련을 위해 수창현으로 들어왔는데 하루 정도 묵을 곳을 마련해 주었으면 좋겠다는 요청이었다.

배첩의 내용을 다시 살피던 황개형이 익숙한 이름에 흠칫 놀라 외쳤다.

"처, 천자당이라면?"

"왜? 왜 그러느냐? 천자당이 뭔데 그래?"

"용산방을 찍어 누른 것이 처주무련 천자당이라고 들었습니다."

"뭐, 뭐라고? 그럼 그들을 이끌고 여기 왔다는 건……."

"여차하면 무력으로 우리를 밀겠다는 의미가 아니겠습니까?"

황태춘이 하얗다 못해 시퍼렇게 질린 얼굴로 황태선에게 물었다.

"이, 이 배첩은 누가 가지고 왔느냐?"

"진가장주 진충회 본인이 직접 왔습니다."

"그, 그럼 여기 적힌 천자당은?"

"지금은 현도로 들어오지 않고 외부에서 대기하고 있다 합니다."

"현도 밖이면 그리 멀지 않은…… 너는 이게 무슨 의도인 것 같으냐?"

형의 물음에 황태선이 난감한 표정으로 대답했다.

"제가 보기에는…… 역시나 협박이 아닐까요?"

"협박?"

"용산방의 일도 있었으니, 처주무련이 결국 우리도……."

"그, 그렇다면 여기 적힌 천자당이 언제 들이닥칠지 모른다는 소린데? 아, 아니지. 일단 만나서 이야기를 들어야겠다. 당장 객청으로 모셔라."

"알겠습니다."

제운방이 위치한 수창현은 처주부 북서쪽에 자리하고 있었다. 그 수창현의 동쪽에 송양현이 있고, 송양현의 남쪽으로 진가장이 자리한 운화현이 위치해 있었다.

그리고 꽤 긴 시간 돈독한 관계를 유지해 온 송양현의 비산문과 수창현의 제운방은 종종 운화현의 진가장을 압박해 그들의 이권을 야금야금 빼앗아 가기도 했다.

그리고 지금 그 진가장의 진충회와 제운방의 황태춘이 마주 앉아 있었다.

"허허, 이렇게 한자리에 있는 게 아주 오랜만이오."

진충회가 환하게 웃으며 인사를 건넸다.

황태춘 역시 애써 웃으며 대답했다.

"하하, 그렇구려. 그간 처주무련의 이야기를 소문으로

들어 소식을 접하고 있었소이다."

"그랬구먼. 그나저나 황 방주와 내가 마지막으로 이리 만난 것이…… 아, 그때구먼."

"그, 그때라면?"

황태춘이 불안감을 느끼며 고개를 갸웃거린다.

"왜 그 있잖소이까. 운화현 포목상들의 이권을 제운방에 내가 양보했던 일 말이오. 그때가 아마 재작년 봄이었나?"

실은 황태춘도 똑똑히 기억하고 있었다.

당시 진충회의 얼굴은 자신이 보기에도 안쓰러울 정도로 처참했다.

그리고 그때, 황태춘이 그런 말을 했다.

"이렇게 양보를 해 주니 어찌 감사를 드려야 할지 모르겠소이다."

진충회는 지금 그 이야기를 하고 있는 것이었다.

"하, 하하! 더, 덕분에 폐방…… 과 비산문에 많은 도움이 되었소이다."

혼자 죽을 수는 없는 노릇.

게다가 그 일은 비산문도 함께했다.

그러니 당연히 비산문도 걸고 넘어져야 했다.

"하하, 도움이 되었다니 다행이오."

이 이야기가 길어져 봐야 제운방에는 좋을 것이 없었다.

황태춘이 재빨리 이야기를 돌렸다.

"그, 그런데…… 폐방에 뭔가 부탁할 것이 있다 말씀하지 않으셨는지요?"

황태춘의 말투가 갑자기 공손하게 변했다.

그런 것을 아는지 모르는지 진충회는 여전히 여유로운 얼굴로 말했다.

"아, 그렇지. 그 이야기를 하러 온 것이었지. 배첩에 적어 보낸 내용은 보셨소?"

"물론입니다. 하룻밤 정도 묵게 해 달라는……."

"그렇소이다."

"한데 이곳까지 와서 무슨 수련을 하시겠다는 건지요?"

따지고 보면 수창현은 제운방의 세력권이었다.

그런 곳에 많은 무인들을 끌고 들어오는 것은 분명한 도발이었다.

물론, 나라 간의 일이 아니니 특별히 정해 놓은 것은 아니지만, 대부분 무림 세력들의 불문율이었다.

그러니 물어보려면 그 부분부터 걸고 넘어가야 했다.

하지만 제운방은 지금 그런 것을 걸고넘어질 수 있는 때가 아니었다.

"처주무련은 처주부의 백성들을 위해 뜻을 모아 만들어 졌소이다. 그리고 그간 많은 노력을 한 덕에 왜구들의 문제도 거의 해결을 했고, 지부대인을 도와 유황을 밀거래 하며 국법을 어기던 용산방도 징치를 했소이다."

"요, 용산방…… 그렇지요."

"그런데 생각을 해 보니, 백성들을 위협하는 문제들이 꼭 물길로만 오는 것은 아니라는 게요. 일전에 구주부의 철문방 문제도 있었고, 산적들도 생각보다 많고 말이오."

"그럼 수련이라는 것이……."

"산에서의 생활이나 움직임 등도 미리 대비를 해 두는 게 좋다는 게 저희 련주님의 판단이시오."

"그, 그렇군요."

황태춘이 크게 고개를 끄덕였다.

하지만 그것은 사실 말도 안 되는 이유였다.

어디 산이 있는 곳이 여기 수창현밖에 없단 말인가.

결국 천자당 무인들을 수창현 안으로 끌고 오기 위해 말도 안 되는 구실을 만든 것이었다.

그렇다면 천자당 무인들을 끌고 온 진짜 의도는 무엇이란 말인가.

황태춘이 그것을 궁금해할 즈음, 진충회의 입에서 그 진의가 나왔다.

"아니면 제운방에서 이 북서쪽의 위협들을 맡아 준다면 처주무련으로서는 아주 감사할 것 같소이다."

"폐방에서 말입니까?"

"아니오."

"예? 그럼 그게 무슨 말씀이신지…….."

"거참, 말귀도 어두우시오."

진충회가 답답하다는 표정으로 말했다.

하지만 얼굴에는 한층 짙은 미소가 떠올라 있었다.

과거 포목상의 이권을 뺏어 갈 당시에 황태춘이 말귀를 참 못 알아듣는다며 타박을 했던 게 떠올랐기 때문이다.

"자세히 말씀을 해 주시면…….."

"처주부의 안녕은 처주무련의 힘으로 지킨다는 것이 저 희 련주님의 의중입니다. 그런데 외부 세력인 제운방에 어찌 그것을 맡기겠소?"

"그렇다면…….."

황태춘의 얼굴이 조금 밝아졌다.

이 말은 곧 제운방에 처주무련으로 들어올 것을 권하는 이야기가 아닌가.

잠시 뜸을 들인 황태춘이 슬쩍 말을 던졌다.

"실은 그간 처주무련에서 큰일을 해내는 것을 보고 흠모하는 마음을 갖고 있었습니다. 해서 말인데…… 저희 제운방이 이참에 처주무련의 일원이 되어 그 큰일에 힘을 보태고 싶습니다. 진 가주께서는 어찌 생각을 하시는지?"

황태춘의 말에 진충회가 갑자기 긴 탄식을 터트렸다.

"하아, 그거참 안타깝소이다."

"그게 무슨 말씀이십니까?"

"처주무련은 처주부에서 더 이상 다른 방파를 일원으로 받지 않을 생각이라서 말이오."

"하, 하지만 방금 전……."

"아, 오해를 하셨구려."

황태춘의 표정이 돌변했다.

아무리 우위에 서 있다고 해도 이렇게 사람을 놀리는 건 너무한 처사가 아닌가.

하지만 진충회는 그런 황태춘의 태도에 조금도 신경 쓰지 않은 채 무심한 표정으로 제 할 말만 했다.

"이번에 저희 련주께서 처주무련의 규모를 확장해야겠다 말씀하시더군요. 그래서 기존에 있던 천자당, 지자당, 인자당의 삼 당을 없애려 하십시다. 그 대신 수금화목토 오행에 맞춰 다섯 개 각을 만들고, 그 예하에 세 개씩 당을 두어 처주무련의 전력을 확대하려 하시지요. 그래서

제운방이 그중 한 개 당을 맡아 주면 어떨까 하여 말을 꺼
낸 것이오."

순간, 지금까지 듣고만 있던 황개형이 버럭 소리를 질
렀다.

"지금 우리 제운방을 보고 처주무련 하부 조직으로 들
어오라 말하는 것입니까!"

가장 상위인 '각' 도 아니고 그 아래에 있는 '당' 의 하
나로 들어오라니.

말도 안 되는 소리였다.

말 그대로 제운방을 날름 집어삼키겠다는 말이 아닌가.

예전의 진충회였다면 황개형의 이런 반응에 흠칫 몸을
떨었을 것이다.

하지만 지금은 그럴 필요가 없었다.

"흐음, 어디까지나 제안일세. 싫으면 받아들이지 않으
면 그만인 것을 뭘 그리 역정을 내는가?"

"그, 그래서? 우리가 거부하면 어떻게 하려는 겁니까!"

"그거야 나도 모르지. 련주께서는 거기에 대해서는 말
씀이 없으셨으니, 나도 뭐라 답을 드리기가 힘드네. 나로
서는 제운방이 처주부 전체의 안녕을 위해 약간의 '양보'
를 했으면 좋겠지만…… 어디까지나 내가 강요할 수 있는
부분은 아니지 않은가?"

"이익!"

황개형이 이를 악문 채 살기 어린 표정으로 진충회를 노려보았다.

'죽겠구먼.'

진충회는 애써 덤덤한 표정을 지으며 탁자 아래로 떨리는 손을 애써 꽉 쥐고 있었다.

담기령이 시키는 대로 하고는 있지만, 황개형의 저런 모습을 보니 도저히 심장이 떨려 이야기를 이어 가기가 힘들었다.

작게 심호흡을 하며 마음을 가다듬은 진충회가 덤덤한 목소리로 말했다.

"뭐, 그렇다면 제안은 거절하는 것으로 알겠네. 그나저나 황 방주."

"말씀하십시오."

"처음 말했던 부탁은 어찌 괜찮으시겠습니까?"

"처음 부탁이라면……."

"처주무련 천자당 무인들이 묵을 곳을 부탁하지 않았소이까?"

"아, 그랬지요. 어, 얼마나 묵으실 생각이십니까?"

"오늘 하루면 되오. 내일부터는 옥계산에 천막을 치고 지낼 생각이니 하루만 신세를 좀 지겠소이다."

순간, 황태춘이 기겁을 하며 물었다.

"오, 옥계산 말입니까?"

"그렇소. 옥계산에서 수련을 겸하여 찾을 물건이 있소
이다."

"찾을 물건이라니……."

"음, 용산방 놈들이 유황을 밀거래했다는 말은 알고 있
소이까?"

"알고 있습니다."

황태춘이 미심쩍다는 표정으로 고개를 끄덕였다.

이미 망한 용산방 얘기는 또 왜 꺼낸단 말인가.

"그 용산방 놈들이 우리에게 잡히기 전에 육상으로 유
황을 옮겼다는 정보를 얻었소이다. 유황을 실은 채 절왜
관을 통과하기가 힘드니 말이오."

"아, 그런 일이 있었군요."

"그런데 그 정확한 위치를 몰라서 그걸 찾고 있소. 그
래서 수련도 겸하여 이리저리 움직이고 있는 것이오. 그
런데 혹시 용산방 놈들이 이쪽으로 왔다는 소식은 듣지
못했소이까?"

"그, 금시초문입니다."

"거, 이상하군. 분명 이쪽이 맞을 터인데……. 행여라
도 용산방을 보았다면 지금이라도 말해 주시오. 나중에라

도 괜한 꼬투리 잡힐 수 있으니."

그제야 황태춘은 진충회가 용산방 얘기를 꺼낸 의도를 파악할 수 있었다.

여차하면 용산방과 묶어서 치겠다는 협박이 분명했다.

그러다 번뜩 머릿속에 스치는 생각이 있었다.

'설마 용산방이 유황을 밀거래했다는 것도 누명인 건…….'

생각해 보니 용산방이 유황을 밀거래했다는 증거는 없었다.

그저 소문이 그리 돌았고, 처주무련이 용산방을 공격할 당시 처주위의 군병들이 함께 움직였기에 그랬구나 하는 정도였다.

그런데 만일 그게 누명이라면…….

'그렇다면 우리도?'

단순히 제운방을 공격하겠다는 협박이 아니었다.

나라에서 사사로운 거래를 금지한 물품이 유황이었다.

게다가 유황은 화약을 만드는 데 반드시 필요한 물건.

그렇기에 역적으로 몰릴 수도 있었다.

생각을 하면 할수록 기함을 토할 상황이었다.

잔뜩 긴장한 황태춘이 슬쩍 눈길을 돌려 황개형, 그리고 황태선과 시선을 교환했다.

그들 역시 같은 결론을 내린 듯, 이마에 식은땀이 흥건했다.

"어쨌든 우리가 하룻밤 묵을 수 있게 도와주시겠소이까?"

진충회가 자리에서 일어서며 물었다.

동시에 황태춘이 벌떡 일어나며 외쳤다.

"그, 그거야 당연하지요! 그런데 아까 말씀하신 것에 대해 이야기를 좀 더 나눠 볼 수 있겠습니까?"

"아까 말한 것?"

"그, 그…… 처주무련에서 규모를 늘린다는 것 말입니다."

"아아, 그 이야기는 별로 생각이 없는 것 아니었소이까?"

"하하, 뭘 그렇게 단정적으로 말씀을 하십니까? 이야기를 하다 보면 좀 더 좋은 방향으로 서로 이득이 되는 방향이 나올 수도 있지 않습니까?"

"흐음, 그럼 이야기를 한 번 들어 봅시다."

진충회의 얼굴에 한층 짙은 미소가 떠올랐다.

담기령이 시킨 대로 말을 하니 따로 힘쓸 것도 없이 일이 술술 풀렸다.

출발 전에 담기령은, 처음에는 각 아래의 당을 제안하고 나중에 저들이 매달리는 것 같으면 그때 오각 중 하나를 맡긴다는 이야기를 하라 했다.

그리고 그 이야기대로 일이 술술 진행되어 갔다.

게다가 과거 자신을 그렇게 윽박질렀던 황태춘이 쩔쩔매는 모습을 보니 이렇게 속이 시원할 수가 없었다.

'처음부터 처주무련에 합류한 건 정말 잘한 선택이야.'

진충회는 자신의 선택에 스스로를 매우 기특해하며, 한층 거만한 자세로 자리에 앉았다.

"남궁세가의 장자 현이 세자 저하께 문후 여쭙습니다."

포권과 함께 깊이 읍을 하며 인사를 하는 남궁현의 모습에 주세광이 고개를 주억거리며 말했다.

"허허, 과한 인사는 서로 불편해지니 그만 앉으시오."

"감사합니다."

남궁현이 자리에 앉자 주세광이 맞은편 자리에 앉아 있는 담기령을 가리키며 말했다.

"이쪽은 현 담씨세가의 가주인 담기령 가주요. 서로 인사들 하시오."

그 말에 두 사람이 동시에 서로를 향해 포권을 하며 말했다.

"담기령입니다."

"남궁현입니다."

그리고 주세광이 바로 본론을 꺼냈다.

"자, 일단 중요한 이야기를 먼저 할까 하는데, 괜찮겠소?"

"말씀하십시오."

"그러지. 일단 담 가주가 먼저 할 말이 있을 테니 그것부터 하시오."

주세광의 말에 담기령이 품에서 무언가를 꺼내 들었다.

"이 탁본을 기억하십니까?"

"물론입니다."

남궁현이 곧장 고개를 끄덕였다.

자신들이 담씨세가에 보낸 탁본이었다.

당시 저 탁본의 내용을 파악하려고 백방으로 사람을 수소문한데다, 결국 무슨 글인지 알아내지 못했으니 아주 잘 기억하고 있었다.

"사실 이 탁본의 원본, 나무 둥치에 새겨져 있던 글자들은 제가 새겨 넣은 것입니다."

"그게 무슨 말이오!"

남궁현이 저도 모르게 벌떡 일어나려다 자신이 있는 곳이 오왕부 세자의 숙소인 동시에 대전인 경하전이라는 것을 생각하고 엉덩이를 붙였다.

슬쩍 주세광의 눈치를 살핀 남궁현이 목소리를 가라앉히며 말했다.

"설명을 해 주셨으면 합니다."

하지만 담기령은 대답 대신 다른 요구를 했다.

"설명을 해 드릴 수는 있습니다만, 그전에 먼저 설명을 들어야겠습니다."

"설명이라니?"

"남궁세가에서 그 탁본을 얻게 된 경위를 먼저 알아야 겠다는 말입니다."

추궁을 당하는 듯한 분위기에 남궁현의 표정이 굳어졌다. 이야기를 하고 서로 도울 수 있는 부분들에 대해 의논을 하고자 온 자리였다. 그런데 처음부터 이야기가 이상하게 흐르니 경계하는 마음이 드는 것이 당연했다.

"제가 그걸 대답해야 할 의무가 있습니까?"

그에 대한 대답은 주세광의 입에서 나왔다.

"있소이다."

"그게 무슨 말씀이십니까?"

"그 탁본을 구한 곳에서 시체들도 함께 보지 않았소?"

남궁현의 얼굴이 한층 심각하게 가라앉았다.

'함정?'

탁본과 시체에 대한 이야기까지 나오니, 용산방과 관련된 일련의 일들이 남궁세가를 꾀기 위한 함정이 아닌지 의심스러웠다.

대답 없는 남궁현의 모습에 주세광이 말을 더했다.

"거기에 죽어 있던 사람들은 나와 아주 밀접한 관계가 있는 사람들이오. 그러니 남궁세가가 그 시체들과 어떤 연관이 있는지 먼저 알아야 한다는 말이오."

하지만 남궁현은 고개를 저었다.

"송구합니다만, 그럴 수는 없습니다."

딱 잘라 거절하는 남궁형의 태도에 주세광 역시 얼굴이 굳어졌다.

"지금 뭐라 했소?"

하지만 남궁현은 조금도 위축되지 않고 대답했다.

"만약 왕부의 권위를 내세워 소인을 핍박하려 하시는 거라면, 그만두시라고 말씀드리겠습니다. 그 일은 태자 전하와 관계가 있는 일이기에 제가 사정을 파악하지 못하는 한 말씀드릴 수 없습니다."

"감히, 뉘 앞에서 그런 허무맹랑한 소리를 하는가!"

짙은 위압감이 대전 안을 가득 메웠다. 하지만 남궁현은 조금도 당황하는 기색 없이 주세광과 시선을 마주쳤다.

그런 두 사람의 모습을 보는 담기령의 얼굴에 조금 난감한 기색이 떠올랐다. 이런 식으로 이야기를 하다가는 절대 끝이 나지 않는다. 누가 됐든 한걸음 먼저 물러나야만 이야기가 풀린다. 하지만 한쪽은 왕부의 세자였고, 다른 한쪽은 태자의 이름을 내세우고 있으니 그 역시 쉽지 않은 노릇.

이런 상황이니 한걸음 물러나는 것이 가능한 사람은 담기령 자신밖에 없었다.

"우선 제가 먼저 이야기를 해 보겠습니다."

담기령의 말에 두 사람 사이의 긴장이 살짝 느슨해졌다. 담기령은 두 사람이 자신에게 시선을 돌리는 것을 확인한 후, 이야기를 이었다.

"우선 그곳에 있는 죽은 이들은, 길을 가던 중 우연히 마주친 사람들이었습니다. 제가 도착했을 때는 한 사람을 제외하고 모두 죽어 있는 상황이었습니다. 살아 있는 사람 역시 죽기 직전이었습니다만…… 어쨌든 그 사람이 죽기 직전 나에게 한 가지 부탁을 했습니다."

"어떤 부탁입니까?"

"그건 잠시 후에 말씀을 드리지요. 어쨌든 그래서 거기에 있던 시체들을 수습해 주고 나무 둥치를 묘비 삼아 몇 자 적었습니다. '이름 없는 무인들, 이곳에 잠들다'라는 별것 없는 내용이었지요. 다만, 그 당시는 중원으로 돌아온 지 얼마 되지 않아 서역 너머 법국에서 지낼 당시의 문자를 새겨 넣었는데, 그 탓에 그것을 알아보는 사람이 없던 것뿐입니다."

"그럼 우리가 해독을 부탁했을 때 모른다고 했던 이유는 무엇입니까?"

남궁현이 이해할 수 없다는 얼굴로 물었다. 그리고 담기령은 잠시 고민하다 말을 이었다.

"죽기 직전이었던 그 사람이 저에게 했던 부탁은, 어떤 철패를 자신의 가문에 전해 달라는 것이었습니다. 하지만 저는 그 사람의 가문이 어디인지 몰랐기에 전해 줄 수 없었지요. 그렇게 잊고 지내다가 남궁세가에서 서신이 온 겁니다. 그래서 당연히 그 철패가 남궁세가의 물건이라 생각을 했습니다만, 가친께서 그 철패의 문양이 눈에 익다 하시더군요. 남궁세가와는 조금의 인연도 없는 분께서 말이지요."

"그게 무슨 상관이란 말입니까?"

"남궁세가 사람들이 죽은 것도 아닌데 남궁세가에서 그 묘비의 내용을 알고자 했습니다. 보통은 신분을 알 수 없는 시체를 두고 그렇게까지 하지 않지요. 쉽게 말해 뭔가 음모의 냄새가 났다는 말입니다. 그런 일에 저희처럼 작은 가문이 얽히는 것은 곤란하지 않겠습니까?"

남궁현은 영 개운치 않다는 표정을 지으면서도 억지로 고개를 끄덕였다. 납득할 수 없는 것은 아니지만, 완전히 믿기에는 뭔가 의심스러운 느낌이 든 탓이었다. 그리고 담기령이 말하기 전에 그곳의 시체들이 자신과 관계가 있는 사람들이라 했던 것도 미심쩍은 부분이 있었다.

그런 남궁현의 표정을 읽은 담기령이 피식 웃으며 말했다.

"일단 제가 가지고 있는 것의 일부를 보여 드렸으니, 남궁 소가주께서도 조금은 보여 주시는 것이 공평하다는 생각이 듭니다만?"

"알겠습니다. 저희 남궁세가는 태자 전하와 함께 꽤 오랜 시간 쫓고 있던 일이 있었습니다. 중원무림에 암약하고 있는 비밀스러운 세력에 대한 것이었지요. 그리고 그 세력의 흔적을 쫓던 중에 발견한 것이 바로 그 시체들이었습니다. 시체들을 샅샅이 뒤졌지만 신분을 알 수 있는 것은 아무것도 없었고, 나온 거라고는 나무둥치에 새겨져 있는, 알 수 없는 글자들 밖에 없던 게지요."

"그것이 혹시 유황과 관련되어 있습니까?"

"음!"

예상치 못한 담기령의 물음에 남궁현이 저도 모르게 신음을 흘렸다. 그리고 이내 아차 하는 표정으로 살짝 인상을 찡그렸다. 그런 반응을 보인 것 자체가 유황과 관련되어 있다는 것을 인정하는 것이나 마찬가지인 탓이었다.

하지만 곧이곧대로 고개를 끄덕일 수도 없는 노릇.

"이미 말씀드렸다시피, 태자 전하의 명으로 진행하는 일입니다. 거기까지는 직접 말씀드릴 수 없습니다."

이번에는 주세광이 남궁현의 의표를 찔렀다.

"그 시체들은 나의 처가 사람들이오."

남궁현의 얼굴에 또 한 번 당혹스러운 표정이 떠올랐다.

'구씨세가?'

세가를 나서기 전, 오왕부에 대해서도 기본적인 내용을 숙지하고 왔기에 구씨세가에 대해서도 어느 정도 알고 있었다. 항주 밖으로 나오는 경우가 드물기는 해도, 무림에서도 어느 정도 인정해 주는 명문 무가였다. 그리고 오왕부 세자빈의 집안인 동시에, 오왕부 의위정 또한 구씨세가의 사람.

'일이 복잡하게 돌아가는데?'

오왕부, 그리고 담씨세가의 진짜 의도를 알기 전에는 사실을 말할 수 없었다. 그렇다고 마냥 숨기자니 계속 궁지에 몰리는 기분이었다.

답답하기는 주세광 또한 마찬가지. 너무 민감한 사안이라 먼저 말을 꺼내기가 힘들었다. 하지만 남궁세가 뒤에 황태자가 있는 탓에 윽박지를 수도 없었다.

대전 안에 어색한 정적이 맴돌기 시작했다. 양쪽 다 먼

저 말을 꺼내기가 껄끄러우니 눈치만 살필 뿐, 쉬이 입을
열지 못했다.

조용히 상황을 주시하던 담기령이 미간을 찡그렸다. 이
런 식으로는 절대 이야기가 진행될 수 없었다.

'안 되겠군.'

중요한 것은 효율이었다. 지금 주세광과 남궁현이 벌이
고 있는 것은 소모적인 기 싸움일 뿐이었다. 어느 한쪽이
먼저 입을 열면, 다른 쪽 역시 말을 하게 되는 상황에서
이런 기 싸움은 필요가 없었다.

물론 기 싸움이 중요할 때도 있다. 하지만 그것은 서로
동등한 입장에서 주도권을 쥐어야 할 때 필요한 것이지,
지금처럼 서로의 고하가 확실한 상황에서 벌일 만한 일은
아니었다.

"제가 먼저 말씀을 드리지요."

담기령이 불쑥 끼어들며 주세광과 남궁현이 뭐라 반응
을 보이기 전에 먼저 말을 꺼냈다.

"아까 말씀드렸다시피 이 일은 유황과 관련이 있습니
다. 그리고 오왕부에서는 꽤 긴 시간 중원 전역에 퍼지고
있는 유황에 대해 조사를 하고 있었습니다. 남궁세가에서
발견한 그 문제의 시체들은 유황의 거래를 쫓던 구씨세가
사람들인 것입니다."

생각지 못한 상황에 주세광이 저도 모르게 와락 인상을 구기며 담기령을 노려보았다. 하지만 담기령은 일부러 그 시선을 외면한 채 남궁현을 향해 말했다.

"지금 말씀드린 것은 오왕부에서 오랜 시간 비밀리에 공을 들인 일입니다. 그리고 남궁 소가주께서는 그 비밀을 지금 알게 되었습니다. 그러니 이제 남궁세가 측의 이 야기를 들려주셔야 할 것 같습니다."

남궁현의 얼굴에 당혹감이 스쳤다. 왕부의 비밀을 알게 되었다는 것이 무슨 뜻이겠는가. 뜻이 맞지 않을 경우 살인멸구도 불사한다는 명백한 협박이었다.

황태자의 권위를 빌려 주세광과 기 싸움을 하고 있었는데, 난데없이 담기령이 끼어들더니 순식간에 자신을 궁지로 몰아넣었으니 당황스러울 수밖에.

당혹감에 이어 은근히 솟구치는 것은 노기였다. 무림의 사대세가 중 하나인 남궁세가의 소가주가 언제 이런 식으로 협박을 당해 보았겠는가.

하지만 화를 낼 수도 없었다. 주세광의 앞인데다 비밀을 내걸고 던진 완곡한 협박이 있는 탓이었다.

반면, 주세광은 어느새 담기령에 대한 노기를 거두었다. 자신이 쓸데없는 기 싸움을 하고 있었다는 것을 뒤늦게 깨달은 것이었다.

담기령과 시선이 마주치자 주세광이 고개를 끄덕였다. 이제 주세광의 차례였다.

"오왕부에서는 이제 할 수 있는 이야기를 다 했소. 그러니 남궁세가의 이야기를 듣고 싶소이다. 남궁세가에서 태자 전하의 명을 수행하고 있다고는 하나, 오왕부 역시 황제 폐하를 위한 중요한 일을 하고 있으니 일이 이상하게 꼬이더라도 나를 그리 책망하지는 않을 것 같소이다."

남궁현의 시선이 힐끗 담기령을 노려보는 듯하더니, 주세광을 향해 고개를 숙이며 말했다.

"우선 밝혀 둘 것은, 이 일은 분명 태자 전하의 명으로 시작된 것이라는 점입니다."

"그에 대해서는 내가 직접 전하께 고하도록 하겠네."

"알겠습니다."

남궁현은 어쩔 수 없다고 생각하며 고개를 끄덕였다. 게다가 이야기를 들어 보니 서로 적대시 할 필요가 없어 보였다.

"저희 세가는 꽤 긴 시간 남경의 태자 전하와 긴밀한 관계였습니다."

세간에는, 무림 사대세가들이 나라의 큰일보다는 자신들의 이득을 위해서 움직인다고 알려져 있었다. 하지만 사실은 그 어떤 무림 세력들보다 황가와 긴밀한 관계를 맺고 있었다. 다만, 은밀하게 무림의 분위기를 살피기 위해 겉으로 그것을 나타내지 않을 뿐이었다.

"일 년 전, 태자 전하께서 저희 세가의 가주님을 은밀히 부르셨습니다. 그때 맡기신 일이 바로 중원 전역에서 밀거래되고 있는 대규모 유황에 대한 것이었습니다."

담기령과 주세광이 고개를 끄덕였다. 기 싸움을 하느라 입에 담지 않았을 뿐, 이미 예상하고 있던 이야기였다.

"하지만 워낙 은밀하게 움직이는 놈들이라 그 자취를 찾는 것이 쉽지 않았습니다. 그런데 우연히 그 흔적이 유난히 많이 드러나는 일이 발생하였고, 저희는 그것을 쫓아갔습니다. 그러다가 발견한 것이 방금 이야기한 구씨세가 무인들의 시신이었습니다."

남궁현의 이야기에 주세광이 급히 물었다.

"그렇다면 그놈들은?"

"구씨세가 무인들의 시신이 발견된 후로는 그 흔적을 찾을 수 없었습니다."

"쯧!"

주세광이 저도 모르게 혀를 찼다. 결국 아무것도 밝혀진 것이 없는 탓이었다. 그나마 작은 수확이라면, 황태자가 이 일에 대해 알고 있고 그 역시 조사를 하고 있었다는 점.

잠시 고민하던 주세광이 남궁현을 향해 말했다.

"아무래도 함께 태자 전하를 알현해야겠군."

남궁현 역시 같은 생각인 듯 곧장 고개를 끄덕였다.

"그러는 것이 좋겠습니다."

남궁현의 대답을 들은 주세광이 담기령에게 시선을 주며 물었다.

"담 가주는 어찌하시겠소?"

"아직은 제가 낄 수 있는 자리가 아닌 듯합니다. 그리고 처주무련 내부의 일도 마무리를 해야 하는지라, 차후에 세자 저하의 말씀을 따르겠습니다."

"그리하시오."

주세광이 더는 권하지 않고 고개를 끄덕였다.

두 사람이 짧게 말을 주고받는 사이, 남궁현은 날카로운 눈빛으로 담기령을 살폈다.

'어떻게 한다?'

세가를 나서기 전, 남궁호천은 남궁현에게 담씨세가와 사돈을 맺는 것에 대해 이야기를 나눴다.

야망이 크고 그것을 이룰 만한 능력도 갖추었으니, 남궁세가가 조금만 힘을 실어 준다면 절강무림의 패자가 되는 것도 가능하리라 예상했다.

그리고 담씨세가가 절강무림의 패자가 되면, 남궁세가

역시 자연스레 절강으로 진출하는 것이 가능할 거라 했다.

하지만 남궁현은 고개를 저었다.

'만만하게 보고 삼키려 들다가는 오히려 우리가 물릴 수도 있겠어.'

남궁호천은 담기령에 대한 판단을 전적으로 남궁현에게 맡겼다. 그리고 남궁현이 본 담기령은 함부로 삼키려 들어서는 안 될 자였다.

결국 남궁현은 고개를 저었다.

'이야기는 꺼내지 않는 것이 좋겠군.'

남궁현의 머릿속에서 남궁소소의 혼사는 자연스레 없던 일이 되었다.

그리고 고개를 내젓는 남궁현의 모습에 담기령이 묘한 미소를 지었다.

'꽤 판단이 빠르군.'

남궁현이 남궁소소와 동행했다는 것은 왕부로 들어설 때 구지섬을 통해 이미 이야기 들었다. 굳이 동행할 필요가 없는 남궁소소가 왔으니 그 의도야 불을 보듯 빤했다.

물론 담기령 역시 그럴 마음은 없었다. 정략혼이 싫은 것이 아니라, 저들의 의도가 빤히 보이는데 그것을 따라줄 필요가 없다고 판단한 것이었다.

대신 다른 방법을 잠시 생각했다.

'명아, 아쉽겠구나.'

바로 동생인 담기명을 들이미는 것. 하지만 이미 남궁현이 마음을 접었으니, 자신도 굳이 이야기를 꺼낼 필요가 없었다.

그런 두 사람의 속내를 아는지 모르는지 주세광이 몸을 일으키며 말했다.

"오늘 저녁은 함께 식사를 하는 게 좋겠소."

9장
처주부의 패자

"련주께 인사 올립니다."

절왜관 내 객청 안에서 여러 감정이 뒤섞인 목소리로 인사를 한 이는 제운방 방주 황태춘이었다.

처주무련은 담씨세가와 명도문, 진가장, 상운방의 네 개 방파가 모였을 뿐, 따로 총타를 건설하지 않았다. 하나의 세력이 만들어 졌으면 당연히 구심점이 될 장소가 필요했지만, 굳이 그렇게 할 필요를 느끼지 못한 탓이었다.

대신 처주무련의 힘의 상징인 절왜관이 그 총타의 역할을 대신하고 있었다.

황태춘의 인사에 담기령이 마주 포권을 했다.

"아주 오랜만에 얼굴을 뵙는군요."

과거의 담기령은 분명 황태춘을 만난 적이 있을 테니 그렇게 인사를 한 것이었다.

"허허, 그리되었습니다."

황태춘이 애써 웃으며 고개를 주억거렸다. 하지만 속은 까맣게 타들어 가 이미 시커멓게 변해 있었다.

'어떻게 이끌어 온 제운방인데……..'

오늘 그가 직접 담기령을 만나러 온 것은 진충회의 회유와 협박 때문이었다. 진충회가 내건 제안은 처주무련의 다섯 개 '각' 중 하나가 되어 달라는 것. 하지만 황태춘의 입장으로는 절대 있을 수 없는 일이었다.

힘의 논리가 가장 우선시되는 무림 세력의 일이라고는 해도; 어찌 그리 날름 삼키려 든단 말인가. 물론, 마냥 거부할 수도 없는 이야기였다. '방'이 없어지는 정도가 아니라 목숨까지 끊어질 위험이 있기 때문이었다.

그래서 이렇게 담기령을 만나러 왔다. 지금이라도 처주무련에 합류하기 위해서였다.

그런 황태춘의 의도를 이미 눈치채고 있는 담기령이 넌지시 물었다.

"진 장주께 말씀은 들으셨습니까?"

"하하, 들었습니다. 그래서 그 일로 부탁할 일이 있어 이렇게 찾아뵈었습니다."

황태춘이 한껏 웃으며 이야기를 하는데, 좌우에서 갑자기 헛기침 소리가 터져 나왔다.

"크흠!"

"험험!"

송양현 비산문 문주 우기문과 진운현 천씨세가 가주 천위산이었다. 두 사람 역시 같은 생각으로 찾아온 참이었는데, 황태춘이 먼저 선수를 쳤으니 심기가 불편할 수밖에.

특히 우기문의 경우에는, 황태춘의 말만 믿고 처주무련을 배척했다가 크게 낭패를 당한 탓에 그를 보는 시선이 꽤나 사나웠다.

하지만 지금은 그런 눈치를 볼 때가 아니었다. 턱밑에 칼이 들어오는데 남의 눈치나 보다가는 결국 목이 잘릴 것이다.

담기령이 아무것도 모르는 척 넌지시 물었다.

"부탁이라니요? 저에게 부탁하실 일이 뭔지……."

"실은 제가 전부터 아쉬워하던 일이 한 가지 있었습니다."

"아쉬워하던 일이라니요?"

"지난봄 담씨세가의 초청에 응하지 않은 일이지요. 당

시에 바쁜 일이 있어 참석하지 못한 탓에 처주무련 결성
에도 힘을 보태지 못했습니다. 그 일을 두고두고 후회하
고 있었지요."

"허!"

황태춘의 말이 끝나기도 전에 누군가의 어처구니없다
는 탄성이 터졌다. 바로 비산문 문주 우기문이었다. 자신
에게 연락을 해서 절대 담씨세가의 요청에 응하지 말자
고 했던 사람이 누군데, 이제 와서 저리 말을 바꾼단 말
인가.

하지만 황태춘은 우기문에게 눈길도 주지 않은 채 담기
령에게만 시선을 고정했다.

"그러셨습니까? 그런데 제 기억으로 그 당시에 제운방
에서는……."

담기령이 뭐라 말을 꺼내려 했지만, 황태춘이 냉큼 그
말을 잘라먹었다.

"하하하! 당시에 너무 경황이 없어 자세한 사정을 설명
하지 못한 것뿐입니다."

"그러셨군요. 그래서 부탁하실 일이라는 게……."

그때였다. 갑자기 우기문이 불쑥 끼어들며 외쳤다.

"실은 비산문 역시 오래전부터 처주무련의 의기에 크게
감복하고 있었습니다. 그래서 이번 기회에 저희 비산문도

처주무련의 일원이 되어 처주부의 백성들을 돌보는 일에 미력이나마 보태고 싶습니다."

말은 담기령에게 하는데, 시선은 황태춘에게 고정되어 떨어질 줄을 몰랐다. 당연히 황태춘 역시 섬뜩한 눈초리로 우기문을 노려봤다.

서로 죽일 듯 노려보는 두 사람의 모습에 담기령이 피식 실소를 흘렸다. 하지만 이내 진지한 표정으로 물었다.

"두 분 모두 진 장주님께 말씀을 들으신 걸로 알고 있습니다. 진 장주께서 두 분에게 처주무련에 힘을 보태 달라 요청을 한 걸로 알고 있습니다만?"

황태춘과 우기문의 얼굴에 누가 먼저랄 것도 없이 난감한 표정이 떠올랐다. 말은 같지만 그 내용은 전혀 달랐다. 작은 차이지만, 자신들 방파의 존망이 갈리는 것이다.

천씨세가의 가주 천위산이 황태춘과 우기문이 당황한 틈을 타 불쑥 말했다.

"사실 천씨세가는 억울합니다."

"억울하다니요?"

"당시 저는 용천현으로 가려고 했습니다. 하지만 용산방에서 저희가 움직이지 못하도록 막았던 겁니다."

"죽은 이 방주를 말씀하시는 겁니까?"

"그렇습니다."

사실이 아닐 가능성이 컸다. 하지만 이첨산이 죽은 마당에 진위 여부를 가릴 방법은 없었다.

"꼭 힘을 보탤 수 있도록 허락을 해 주십시오!"

"저희야말로 기회를 주시면 좋겠습니다."

"용산방만 아니었다면, 천씨세가는 진즉 처주무련에 힘을 보탰을 것입니다!"

세 사람이 서로 간곡한 목소리로 외쳤다.

그때였다.

"련주님, 상운방 석 방주가 돌아왔습니다."

그 말에 담기령이 반색을 하며 앞 다투어 외치는 세 사람을 향해 말했다.

"석 방주께서는 백가장으로 가셨지요."

그러고는 밖을 향해 말했다.

"들어오십시오."

담기령의 말에 문이 열렸다. 그와 동시에 코끝을 찡하고 울리는 짙은 피비린내가 방 안에 가득 찼다.

"헉!"

황태춘과 우기문, 천위산 세 사람의 입에서 동시에 비명이 터졌다.

석대운이 오른쪽 어깨에 붕대를 친친 감은 채 안으로

들어온 탓이었다. 두껍게 감았음에도 불구하고 피가 배어 나오고 있는 것이, 상처가 여간 심각한 게 아닌 모양이었다.

"석 방주님, 이게 어찌 된 일입니까?"

담기령의 물음에 석대운이 덤덤한 목소리로 말했다.

"백가장주의 짓입니다."

"예?"

"처주무련으로 들어오는 것에 대해 말을 하고 있는데, 갑자기 흥분하여 공격을 하더군요. 잠시 방심하고 있던 탓에 미처 피하지 못했습니다."

"상처가 위중해 보입니다. 제대로 치료를 하셔야지요."

"그렇지 않아도 치료를 받으러 갈 생각입니다. 그래도 련주께 보고를 먼저 해야 하기에 일단 들렀습니다."

"아, 백가장주가 이런 짓을 했다는 건……."

담기령이 슬쩍 말끝을 흐리자 석대운이 고개를 끄덕이며 말을 대신 마무리했다.

"절대 그럴 생각이 없다며 공격을 하는 통에 어쩔 수 없이 전투가 있었습니다. 가능하면 이야기로 풀어 보려 했으나, 먼저 막무가내로 공격을 하니 어쩔 수가 없었습니다. 백가장주를 포함한 백가장 무인 쉰 명을 사로잡아 왔고, 나머지는 전투 중에 사망했습니다."

"으음!"

담기령이 안타까운 표정으로 신음을 흘렸다. 그리고 조심스러운 목소리로 물었다.

"함께 갔던 지자당의 피해는 어느 정도입니까?"

"죽은 이는 없습니다. 다친 이들 중 심각한 상태인 이들도 있기는 하지만, 다행히 목숨에 지장은 없다고 합니다."

"아, 천만다행입니다. 그럼 어서 치료를 받고 요양을 하시지요."

"예, 련주님."

석대운이 포권을 한 후 바로 객청을 나섰다. 그리고 담기령이 슬쩍 혼잣말처럼 중얼거렸다.

"쯧, 기회를 줘도 잡지 못하는 이들이 있으니……. 안타깝군, 안타까워."

그리고 황태춘과 우기문, 천위산 세 사람은 하얗게 질린 얼굴로 담기령을 보았다.

방금 전의 상황은 자신들에게 보여 주기 위해 만들어진 것이 분명했다. 그리고 그 의도는 더 생각할 것도 없이 협박이었다. 귀속되는 것을 거부하면 멸문시키겠다는 협박.

사색이 된 세 사람의 얼굴이 보이지 않는지 담기령이

이내 아무렇지도 않은 얼굴로 말했다.

"그래서 세 분이 원하시는 것이, 그러니까……."

담기령의 말이 채 끝나기도 전에 황태춘이 큰 소리로
외쳤다.

"아, 아닙니다!"

뒤이어 우기문과 천위산이 앞 다투어 외쳤다.

"모양이 무슨 상관이겠습니까?"

"그저 미력이나마 보탤 수 있다면 어떤 궂은일도 마다
하지 않겠습니다!"

담기령이 세 사람에게는 보이지 않게 삐죽 입꼬리를 말
아 올렸다. 석대운과 함께 만들어 낸 상황은 아주 효과가
좋았다. 물론 두 사람은 거짓말을 하지 않았다. 다만, 방
금 전의 대화를 어제도 했다는 것뿐.

이제 이야기의 마무리만 남은 상황. 담기령이 은근한
목소리로 말했다.

"세 분이 그리 간곡히 말씀을 하시니, 저도 차마 안 된
다고만 말을 하지는 못하겠습니다. 하여 한 가지 제안을
할까 합니다."

이번에도 황태춘이 먼저 대답했다.

"말씀만 하십시오."

"처주무련은 처음 함께 모였던 네 개 방파를 따로 주령

(柱守)이라 칭할 것입니다. 처주무련을 받치는 네 기둥의 주인이라는 뜻이지요."

"예에, 그렇군요."

뜬금없이 나오는 말에 황태춘이 떨떠름한 표정으로 대답했다. 갑자기 저 이야기를 꺼내는 의도가 무엇인지 몰라 불안감이 치솟았다.

"세 분, 제운방주님과 비산문주님, 그리고 천 가주님은 각자 자신의 방파로 돌아가 원래의 터전을 지켜 주십시오. 하지만 이미 처주무련의 일원이 되기로 하셨으니, 처주무련 예하의 하나의 '각'을 맡아 주셔야 합니다."

"예? 그, 그게 무슨 말씀이신지?"

황태춘이 이해하지 못하겠다는 얼굴로 되물었다. 처음 진충회에게 들었을 때는 분명 제운방이라는 이름을 없애고 각을 맡으라 하지 않았던가.

"제운방은 제운방으로서 수창현을 지켜 주는 동시에 처주무련에 일이 생겼을 때, 처주무련의 하나의 각으로서 움직여 달라는 말입니다."

"그, 그러니까, 그 말씀은……."

"예, 맞습니다."

담기령이 황태춘의 말이 끝나기도 전에 고개를 끄덕였다. 즉, 세 방파를 없애지는 않겠지만, 처주무련의 명령을 철저히 따르라는 뜻이었다. 또한 담씨세가와 명도문, 진가장, 상운방은 가장 높은 자리에 있으니 절대 반항하지 말라는 의미이기도 했다.

이는 담기령이 처음부터 염두에 두고 있는 결과였다. 대화의 여지를 주고 거기에 응했을 때는 얻을 수 있는 것이 있지만, 거부한다면 절대 받아 주지 않을 생각이었던 것이다.

세 사람이 앞 다투어 큰 소리로 외쳤다.

"감사합니다!"

"천주무련을 위해 분골쇄신하겠습니다!"

"련주의 넓으신 배포에 크게 감동했습니다!"

담기령의 뒤에서 그런 세 사람을 보는 진충회의 얼굴에 아주 만족스러운 미소가 떠올랐다.

"전하께 문후 올리옵니다. 옥체 일안만강(日安萬康)하시옵니까?"

남경 궁성의 대전 안, 주세광이 절을 올리며 큰 소리로 외쳤다. 대전의 태사의에 앉은 이는 당대 황제의 장자이자 다음 대 천자의 자리에 오를 황태자 주휘량이었다.

"하하, 과례(過禮)입니다. 일어나 앉으십시오."

"망극하옵니다."

주세광이 또 한 번 인사를 하고는 몸을 일으켜 고개를 숙인 채 의자로 가 앉았다.

그리고 조심스러운 눈길로 주휘량을 살펴보았다. 같은 황족이라고는 해도 이렇게 직접 대면을 하는 것은 처음이 었다. 시원하게 뻗은 눈매와 뚜렷한 이목구비, 그리고 은 근히 퍼지는 위압감은 확실히 다음 대 중원의 주인이 될 자의 위엄을 여실히 느끼게 해 주었다.

주휘량이 곧바로 이야기를 꺼냈다.

"지난번 남궁세가의 일이 있을 때는 서신으로만 이야기 를 나누었는데, 이렇게 직접 만나니 참 반갑습니다."

"소신이 직접 알현하지 않고 서신으로만 청을 드리는 무례를 저질렀습니다."

"거참, 너무 그러지 마십시오. 어차피 한 집안이지 않 습니까? 계속 그러시면 제가 민망하여 말씀을 나누지 못 할 것 같습니다."

"예, 전하."

"남궁세가로부터 전해 들었습니다. 당금 중원 전역에 퍼져 있는 유황의 밀거래를 조사하고 있으시다고요?"

"그렇습니다."

"대략의 내용은 알고 있습니다만, 그래도 직접 이야기

를 들어 보고 싶군요."

주휘량의 말에 주세광은 용산방 의당의 말단 의생 정두의 이야기부터 담기령을 만나고 용산방을 무너트리기까지의 이야기를 상세하게 풀어놓았다.

"흐음, 그리된 일이었군요."

"그렇습니다. 한데 전하께서는 어떻게 유황의 밀거래에 대해 알게 되셨는지요?"

"내가 하는 일이 황상의 눈과 귀를 더 넓히는 일이지 않습니다. 그러다 보니 자연스레 접하게 되었지요. 다만, 내가 직접 나서게 되면 놈들이 바로 몸을 숨길 것을 저어하여 오랫동안 가까이 지냈던 남궁세가의 손을 빌렸던 것입니다. 그런데 듣자하니, 구씨세가의 무인들이 죽기 전에 남긴 물건이 있다하더군요."

"그렇습니다."

"그 내용이 궁금합니다."

주휘량의 말에 주세광이 망설임 없이 대답했다.

"오(吳)입니다."

"오? 오왕부 말입니까?"

"예, 아무래도 그런 뜻으로 여겨집니다."

"하지만……."

주휘량이 말고리를 흐리며 고개를 갸웃거렸다. 지금 눈

앞에 있는 오세광이 바로 오왕부의 세자가 아닌가. 그런데 죽어 가던 구씨세가 무인들이 그 오왕부를 칭하는 글자를 남긴 이유가 뭐란 말인가.

잠깐이지만 주휘량의 두 눈에 의심스러운 빛이 스쳤다. 하지만 이는 주세광이 이미 각오한 일이었다. 묘한 의심을 받으리라 생각은 했지만, 그렇다고 가능성 있는 단서를 숨길 수는 없다는 생각에 사실대로 말한 것이었다.

"저 역시 연유를 알지는 못합니다만, 분명 무언가 관계가 있는 것은 분명합니다."

"그렇군요. 그나저나, 같은 뜻을 지닌 이들이 더 있다는 것은 반가운 일이나 여전히 별다른 단서가 나오지 않으니 참 답답합니다. 그 붙잡았다는 자에게서 알아낸 것이 있습니까?"

용산방 토벌 당시, 이첨산을 죽이고 자신도 자결하려 했던 송제원을 두고 하는 말이었다.

주세광이 고개를 저었다.

"아직 아무것도 실토한 것이 없습니다. 하지만 시간을 두고 추궁하다 보면 무언가 알게 되지 않을까 생각합니다."

"작은 것이라도 알아내면 나에게도 바로 기별을 해 주

십시오."

"여부가 있겠습니다."

"그나저나 이리 직접 찾아온 데는 따로 이유가 있는 것 같습니다만?"

이것이 진짜 본론이었다. 주세광이 슬며시 고개를 끄덕이며 입을 열었다.

"소신의 생각으로는…… 저희가 같은 자들을 쫓고 있는 만큼 전하와 남궁세가, 소신의 오왕부와 처주무련, 그리고 절강 포정사의 섭 우참정까지 서로 협조를 하여야 한다 생각합니다."

"그야 당연한 일이 아닙니까? 도와주는 손이 많을수록 일은 수월한 법이지요."

"예, 전하. 하지만 외부에서 볼 때는 절대 그 협력 관계가 드러나지 않도록 하는 것이 좋을 듯하여 저만 이렇게 찾아뵈었습니다."

주세광의 말에 주휘량이 잠시 머릿속으로 생각을 정리한 후, 고개를 끄덕였다.

"하긴 내가 드러나는 것이 좋지 않을 듯하여 남궁세가를 움직인 것과 같은 이치겠군요. 이쪽의 규모가 클수록 놈들이 더욱 깊숙이 숨을 테니 말입니다."

"그러하옵니다, 전하. 하여 남궁세가와 처주무련을 통

해 은밀하게 연락을 주고받고 서로 도움을 줄 수 있는 방법을 논의하는 것이 필요할 듯하여 찾아뵈었습니다."

처주무련은 강력한 패자 없이 작은 방파들이 난립해 서로의 위치를 고수하던 절강무림에서 현재 유일하게 패자가 될 수 있는 세력이었다.

그리고 남궁세가는 중원무림 전체에 그 영향력이 막강한 세력이었다.

그런 두 세력이 긴밀한 관계를 가진다면 당연히 쓸데없는 견제까지 떠안을 수밖에 없었다. 그렇기에 아직은 완전히 드러나 있지 않은 주휘량과 주세광이 만나 논의를 할 필요가 있던 것이다.

"꼭 필요한 일이겠군요. 알겠습니다."

"이제 처주부는 완전히 우리 처주무련의 세력권이 되었습니다."

황태춘, 우기문, 천위산, 세 사람이 처주무련의 일원이 될 것을 약속하고 돌아간 후, 절왜관 정당에는 작은 술자리가 마련되었다.

처주무련이 처주부를 장악한 것을 축하하는 자리였다.

"하하하, 이 모든 게 담 련주가 잘 이끌어 주었기 때문이 아니겠소?"

석대운이 평소의 그답지 않게 큰 소리로 웃으며 말하고는, 앞에 놓인 술잔을 벌컥 들이켰다.

"석 방주께서는 아직 몸도 낫지 않았는데 과음하는 것은 좋지 않을 것 같은데요?"

조금 늦게 절왜관으로 들어온 이석약이 석대운을 향해 걱정스러운 목소리로 말했다.

"크하하, 이런 날 마시지 않으면 언제 마시겠소? 몸뚱이 하나는 아주 튼튼하니 너무 걱정 마시오."

한층 큰 소리로 외치는 석대운 덕에 조촐한 술자리인데도 분위기는 한껏 고조되었다.

"황태춘에 우기문, 그 두 놈이 바들바들 떠는 모습을 보니 어찌나 속이 후련하던지, 아주 십 년 묵은 체증이 내려가는 느낌이었소. 으흐흐흐!"

진충회는 그때의 여운이 아직도 가시지 않은 듯, 사람이 달라 보일 정도로 음흉한 웃음을 흘렸다.

석대운과 마찬가지로 평소에는 볼 수 없는 모습. 그 모습에 나머지 세 사람이 픽, 하고 웃음을 터트렸다.

그렇게 한참 동안 술잔이 돌았다.

네 개 방파가 모여서 지금과 같은 성과를 만들어 냈다. 그러다 보니 이런저런 이야기들이 쏟아졌다. 여기까지 오는 동안 좋은 일도, 힘든 일도, 슬픈 일도 많았지만, 어쨌든 함께 왔으니 쏟아 놓는 이야기가 참으로 길었다.

하지만 누구 하나 기분이 가라앉지는 않았다. 이석약
역시 스승의 죽음에 대해 이제는 다 털어 낸 것인지 아주
편안한 모습이었다.

그리고 내놓을 이야기가 더 이상 없어질 즈음, 담기령
이 슬쩍 새로운 화두를 돌렸다.

"그럼 말이 나온 김에 다음 이야기를 하도록 하지요.
제운방과 비산문, 천씨세가가 처주무련의 예하로 들어왔
습니다. 그리고 우리가 만든 표국들도 어느 정도 자리를
잡기 시작했지요. 그러니 이제 확실하게 전력을 보강하실
때가 아닌가 합니다."

"음?"

진충회가 이해 못한 표정으로 담기령을 보았다. 이미
처주무련은 처주부를 장악했다. 그런데 갑자기 전력을 보
강하라고 하니 의아한 것이 당연한 이야기였다.

게다가 원래 작은 표국을 운영하던 진가장은 이번에 표
국의 덩치를 키우면서 꽤나 무리를 한 상황이었다. 이는
처주무련의 다른 세 방과 또한 마찬가지. 그런데 또다시
전력을 보강하려면 꽤 무리를 해야만 하는 것이다.

"여기서 더 그럴 필요가 있겠는가?"

질문은 던진 진충회의 표정이 묘하게 변했다. 가만히

보니 자신 외에 누구도 의문을 드러내지 않는 탓이었다.

묘한 분위기를 감지한 진충회가 기어 들어가는 목소리로 물었다.

"왜, 왜들 그러시오?"

그러면서 세차게 고개를 내저었다. 술을 너무 많이 마셔서 제대로 이해를 못한 건 아닌가 싶었지만, 아무리 생각해도 그럴 만한 내용이 아니었다.

그런 진충회를 한참 동안 지켜보던 석대운이 대답했다.

"진 가주는 설마…… 처주무련이 이대로 처주부 내에만 있을 거라 생각한 것이오?"

"그건 또 무슨……."

진충회가 여전히 알 수 없다는 표정으로 말끝을 흐렸다. 애초에 처주부의 왜구 문제를 일소하겠다며 만들어진 처주무련이 아닌가.

물론 처음에는 그것이 담씨세가가 처주부를 장악하려는 야욕이 아닌가 생각했지만, 지금은 그리 생각하지 않고 있는 상황이었다.

그런데 이런 이야기가 나오니 당황스러울 수밖에.

석대운이 답답한 표정으로 말했다.

"진 가주……. 생각보다 순진한 사람이구려."

"그, 그러니 무슨 얘기인지 말을 좀 해 보시오."

"처주무련의 결성 이유가 겨우 처주부 하나 차지하는 정도라고 생각한 것이오?"

"그, 그럼?"

"적어도 절강 정도는 손에 쥐어야지."

"헉! 절강성 전체를 말이오?"

"당연한 일 아니오?"

진충회의 시선이 급히 담기령에게로 향했다. 지금 이 이야기가 사실이냐 묻는 표정. 그리고 담기령이 당연하다는 듯 고개를 끄덕였다.

"중원무림 전체를 두고 볼 때, 절강무림은 신경 쓸 필요 없는 변방이나 마찬가지였습니다. 하지만 절강무림 역시 하나로 통합되기만 한다면, 중원무림의 어느 곳에서도 무시할 수 없는 저력이 있습니다."

갑자기 술이 확 깨는 기분이었다.

"구, 굳이 그렇게까지 할 필요가……."

"진 가주께서는 좀 더 크고 힘 있는 진가장을 만들고 싶지 않으십니까?"

"그리될 수만 있다면 당연히 환영할 일이지만, 현실적으로는 너무 힘든 일 아닌가?"

"진가장의 힘만으로는, 아니, 우리 담씨세가 역시 혼자

서는 힘듭니다. 하지만 지금 처주무련이 이대로 나아가고 전력을 보강한다면 충분히 가능합니다. 사실 처주부를 장악하는 것 역시 처음에는 어려운 일이라 생각하지 않았습니까? 그런데 이제 처주부는 우리 처주무련의 아래에 들어왔습니다."

"으음……."

진충회가 난감한 표정으로 신음을 흘렸다. 하지만 고민은 그리 길지 않았다. 이미 처주무련에 발을 들인 이상, 진가장만 다른 길을 택할 수는 없는 탓이었다. 물론, 한편으로는 가능할 수도 있겠다는 약간의 희망도 있었다.

"그, 그래서 앞으로 어찌할 생각이신가?"

진충회가 앞으로 펼쳐질 난관들을 떠올리며 물었다. 그리고 담기령이 미리 생각을 해 둔 듯 망설임 없이 대답했다.

"삼 년입니다. 이미 처주부를 장악했고, 오왕부로부터 약속받은 금인(金引)이 있습니다. 이 모든 것을 이용해 천천히 전력을 보강한다면 삼 년 후쯤에는 우리가 절강을 삼킬 수 있을 겁니다."

말을 마친 담기령이 동의를 구하듯 모여 있는 이들과 일일이 시선을 맞추었다.

다들 무거운 표정으로 고개를 끄덕였다. 그때쯤이면 처

주무련 각 방파의 전력이 충분히 강해지고, 명도문의 힘도 어느 정도 선까지는 끌어 올려져 있으리라. 그렇다면 처주부 바깥을 향해 뻗어 나가는 것도 생각할 수 있는 일.

"삼 년이라……."

마지막으로 진충회가 담기령이 말한 기한을 입으로 되뇌며 고민스러운 표정을 지었다.

그리고 이내 고개를 끄덕였다.

"내친걸음이니 한 번 해 보세."

"잘 생각하셨습니다."

동쪽 하늘이 희끄무레하게 밝아 오는 시간. 선선한 공기가 내려앉은 넓은 연무장 위로 뜨거운 열기가 피어오르고 있었다.

캉, 카캉!

두 개의 인영이 날렵하게 진퇴를 반복하며 서로를 향해 칼을 휘둘렀다.

묵직한 쇳소리가 울리고, 그로 인한 진동이 사방의 공기를 터트렸다.

담기령과 담기명이었다. 두 사람 모두 몸 곳곳에 갑주를 걸치고 있었는데, 전신이 아닌 일부분만을 가리고 있는 형태였다.

머리에 쓴 투구, 어깨의 견갑, 팔뚝의 비구와 정강이의 각반이 착용하고 있는 갑주의 전부였다. 갑주라기보다는 여러 개의 호구(護具)를 착용하고 있는 듯한 모습이었다.

휘이잉!

담기령의 대도가 묵직한 바람을 끌어안았다. 날이 벼려져 있지 않은 칼인데도 내뿜는 압력만으로도 뭐든 잘라낼 수 있을 정도로 매서운 일 초.

공격을 막기 위해 내뻗는 담기명의 칼, 그리고 왼팔 사이의 틈을 날카롭게 파고드는 담기령의 깔끔한 도격.

찰나의 순간, 담기명이 황급히 머리를, 정확하게는 머리에 쓰고 있는 투구를 앞으로 들이밀었다.

까아앙!

"끄악!"

짓눌린 비명을 터트리면서도 담기명의 두 눈은 재빠르게 담기령의 움직임을 살폈다.

아니나 다를까, 담기령의 칼이 담기명의 투구를 두드린 후 잠시 갈무리되는가 싶더니, 이내 다시 바람을 끌어안았다.

"큭!"

그 모습을 확인한 담기명이 이를 악물며 크게 앞으로

발을 대디뎠다. 그리고 담기령 역시 강렬하게 진각을 밟으며 쇄도해 들어갔다.

칵, 카카칵!

칼과 칼, 갑주와 칼이 쉴 새 없이 부딪치며 요란한 마찰음을 사방으로 퍼트렸다.

겨우 한 걸음 정도의 거리를 사이에 두고 벌어지는 숨막히는 공방.

그 좁은 간격 속에서도 무게와 공력을 온전히 실어 휘두르는 담기령의 도격도 놀랍지만, 그 짧은 틈에서 쉴 새 없이 날아드는 도격을 완벽한 수준으로 막아 내고 있는 담기명의 수준 또한 놀라울 정도.

두 쌍의 눈동자가 바쁘게 움직였다. 서로의 어깨와 발의 미세한 움직임, 작은 호흡 하나라도 놓치지 않는 날카로운 시선이 쉴 새 없이 교차했다.

겨우 몇 호흡 사이의 짧은 순간, 담기령의 칼이 담기명을 향해 열 개의 궤적을 연달아 그려 냈다. 담기명이 날카로운 눈을 번뜩이며 쉴 새 없이 사지를 놀렸다. 대도와 투구, 비구와 각반을 이용한 간결하면서도 격렬한 움직임이 담기령의 칼질을 모두 받아 냈다.

그리고 열한 번째 도격.

찰나의 틈을 놓치지 않은 담기령의 칼질이 담기명의 허

리를 향해 쇄도했다. 동시에 담기명은 급히 호흡을 끊으며 한껏 다리를 들어 올렸다.

퍼억!

"악!"

둔탁한 소음과 함께 담기명이 비명을 내지르며 바닥으로 나뒹그라졌다. 날을 벼리지는 않았다지만, 그래도 쇠로 만든 물건이었다. 그걸 호구도 차지 않은 허벅지로 막았으니 버텨 낼 재간이 있을 리 없었다.

"후우!"

짧게 호흡을 고른 담기령이 나뒹그라진 담기명을 향해 손을 내밀었다.

"크윽!"

허벅지의 통증에 인상을 구기고 있던 담기명이 내밀어진 형의 손을 맞잡았다.

"아무리 급해도 머릿속으로 한 번 생각을 하고 움직이라 하지 않았더냐?"

"아무리 그래도 이건 좀……."

아직 통증이 가시지 않았는지 담기명이 여전히 찡그린 얼굴로 투정 부리듯 구시렁거렸다.

지금 두 사람의 비무는, 비무라기보다는 담기명의 팔황불괴공 수련이었다.

팔황불괘공은 전신에 갑옷을 입은 채 펼치는 궁극의 방어 무공이었다. 하지만 사람이 매 순간 갑옷을 입고 있을 수는 없었다. 그런 이유로 팔황불괘공은 이렇게 갑옷의 일부분만을 이용하는 수련 과정이 반드시 필요했다.

처음에는 온몸에 갑옷을 입고 반사적으로 반응할 수 있을 정도로 익힌 후, 그다음에는 무작위로 갑옷의 일부분을 떼어 낸 후 싸움에 임하는 수련을 하는 것이었다.

그렇기에 이 수련에 가장 필요한 것은 항상 냉정한 머리였다. 자신이 어느 부위에 갑옷을 걸치고 있는지를 생각하고, 그 부분만을 이용해 싸우는 것이었다.

이는 비단 팔황불괘공만이 아니라 세가의 무인들이 익히고 있는 기갑무 또한 마찬가지였다.

그리고 이러한 수련의 과정은 중원무림의 사정에 딱 맞아떨어졌다. 군이 아닌 무림 세력의 무인들이 전신에 갑주를 입고 움직이는 것은 조정의 의심스러운 눈길을 받을 수밖에 없는 일인 것이다.

"윽!"

몸을 일으켜 자세를 바로잡으려던 담기명이 옅은 신음을 흘리며 휘청였다. 방금 전의 일격이 너무 강렬한 탓이었다. 아니, 방금의 그것만이 아니었다. 이미 수십 번은 맞고 구르기를 반복한 상태였다. 체력이 남아 있지가 않은 것이다.

그 모습에 담기령이 손에 쥔 칼을 갈무리하며 말했다.

"오늘은 여기까지만 하자꾸나."

"조금만 더 하시죠?"

"아니다. 무리하면 오히려 역효과만 날 뿐이다."

담기령은 담기명의 의욕적인 청을 가볍게 물린 후, 천천히 걸음을 옮겼다. 그리고 담기명도 약간 쩔뚝이며 담기령과 나란히 걷기 시작했다.

두 사람이 무공을 수련한 연무장은 용천무관의 가장 안쪽에 자리한 곳이었다. 그리고 지금 두 사람은 용천무관의 외원 쪽으로 향하고 있었다.

"하아앗!"

쿠웅!

우렁찬 기합이 무거운 새벽의 공기를 날리고, 묵직한 진각이 지면을 뒤흔들었다.

언젠가부터 용천현 현도의 아침을 여는 소리가 되어 버린, 용천무관 무인들의 기합 소리였다.

내원과 외원을 구분하는 담장의 문을 지나 외원으로 들어서는 순간, 강렬한 기세가 두 사람을 덮쳐들었다. 그리고 눈에 들어온 것은, 무려 삼백에 가까운 무인들이 마치 한 몸이라도 된 듯 정확하고 분명하게 철격을 펼치고 있는 광경.

땅의 울림으로 먼지가 자욱하게 피어올랐지만, 삼백의 무인들이 뿜어내는 기세가 어찌나 사나운지 연무장 바깥으로 세차게 밀려 나갔다.

지그시 그 광경을 눈으로 살피던 담기령이 불쑥 말을 꺼냈다.

"이제 때가 된 듯하구나."

"때라니요?"

"이곳 처주부를 벗어날 때 말이다."

"아!"

짧은 탄성을 내지른 담기명이 감회에 젖은 표정으로 연무장의 무인들을 바라보았다.

'벌써 삼 년인가?'

형님이 가주에 오른 지 꼬박 삼 년을 채운 후 맞이하는 봄이었다.

좀 더 정확하게는 용산방을 멸문시킨 지 삼 년째. 그 후 처주무련은 처주부의 다른 네 방파를 흡수하려 했고, 격렬하게 저항하던 백가장을 제외한 나머지 세 개 방파를 복속시켰다. 그리고 그 후부터는 내실을 다지는 데 전력을 쏟아 왔다.

처주부 내의 무림 방파들을 복속시켰고 절왜관에서는

왜구들의 진입을 원천봉쇄한 상황이 되었으니, 처주부 내부는 그 어느 때보다 평화로웠다. 그 덕에 처주무련의 주인인 담씨세가와 명도문, 진가장, 상운방은 안정적으로 수입을 늘릴 수 있었고, 그 돈은 온전히 각자의 힘을 기르는 데 사용되었다.

담씨세가만 해도 현재 데리고 있는 무인이 거의 일천에 육박하고 있었다. 용천무관에서 수련 중인 무인이 삼백, 본가인 담가숭택에 이백, 처주부 부도 평원장에 이백, 마지막으로 세가에서 운영하고 있는 표국에 삼백 명이 배치되어 있었다.

그중 언제라도 전장에 나설 수 있는 수준의 무인은 용천무관에서 수련 중인 삼백 명을 제외한 칠백 명. 작은 현 단위에 자리한 세가의 전력으로 볼 수 없을 정도로 큰 규모. 게다가 그들 모두가 철격과 기갑무를 제대로 익히고 있는 정예들이었다.

"연락을 보내거라. 이번에는 부도에 있는 평원장에서 모이는 것이 좋겠구나."

담기령의 말에 담기명이 곧장 알아듣고는 고개를 끄덕였다.

"장원으로 들어가는 대로 처리하겠습니다, 형님."

담기명의 대답에 담기령이 고개를 끄덕이며 천천히 걸

음을 옮겼다. 그런 형의 뒷모습을 바라보는 담기명의 얼굴에 묘한 표정이 떠올랐다.

분명 이전과 다름없는 모습인데, 오늘따라 형의 한 걸음, 한 걸음이 더없이 묵직하고 힘차 보였다.

〈『무림영주』 제6권에서 계속〉

1판 1쇄 찍음 2013년 9월 3일
1판 1쇄 펴냄 2013년 9월 11일

지은이 | 윤지겸
펴낸이 | 정 필
펴낸곳 | 도서출판 뿔미디어

편집장 | 이재권
기획 · 편집 | 문정흠
편집디자인 | 이진선

출판등록 | 2002년 9월 11일 (제1081-1-132호)
주소 | 부천시 원미구 상3동 533-3 아트프라자 503호 (우)420-861
전화 | 032)651-6513 / 팩스 032)651-6094
E-mail | bbulmedia@hanmail.net

값 8,000원

ISBN 978-89-6775-403-7 04810
ISBN 978-89-6775-211-8 04810 (세트)

엇갈린 인연의 춤사위

회자무

거랑(巨朗) 장편 소설

조선제일검(朝鮮第一劍) 전태호의 양자, 전율.
복수에 눈이 멀어 모든 것을 버리고 망나니가 되었다.

원수의 목을 치기 위하여 추는 율의 망나니 춤,
자신을 비웃는 원수에게 전하는 마지막 경고.

"내 춤이 끝나면 네놈은 더 이상 이 세상 사람이 아닐 것이다."

그러던 어느 날 그에게 찾아온 기적 같은 사랑.
율이 첫눈에 반한 여인, 백연희.

얄궂은 운명은 율의 망나니 칼 앞에 연희의 목을 드리우고……

회자무 (전 2권)
출간!

마음속 그녀를 지키기 위하여 추는 율의 망나니 춤,
연희를 위험에 빠뜨린 이에게 전하는 마지막 경고.

"내 춤이 끝나면 네놈은 더 이상 이 세상 사람이 아닐 것이다."

그녀를 지키기 위한
그의 망나니 춤이 조선에서 시작된다.

FEE
PREMI
EDITI